二見サラ文庫

後宮不美人
～イケメン皇子に復讐します～

鈴生 庭

Illustration
ゆき哉

本文Design
ヤマシタデザインルーム

CONTENTS

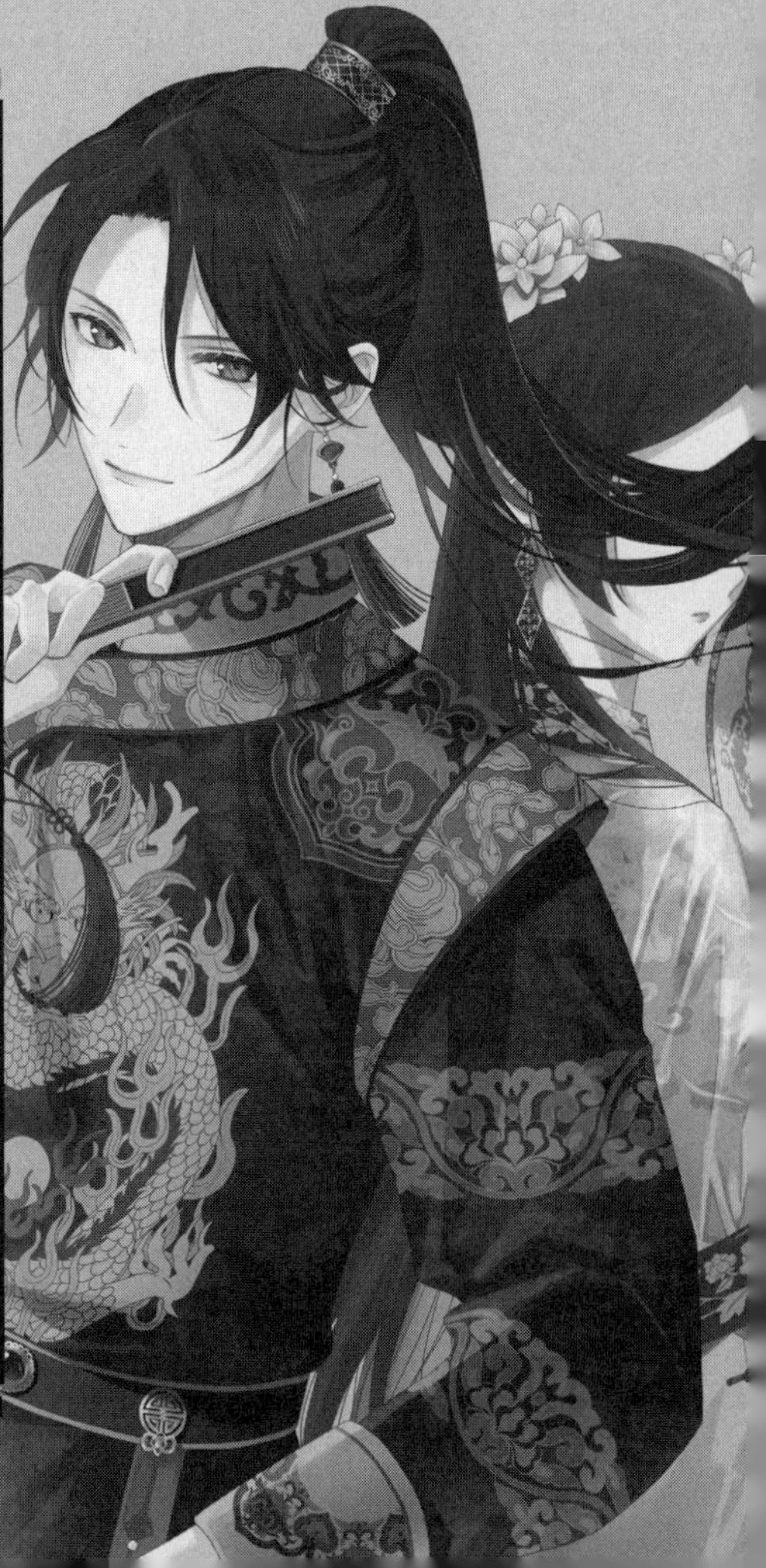

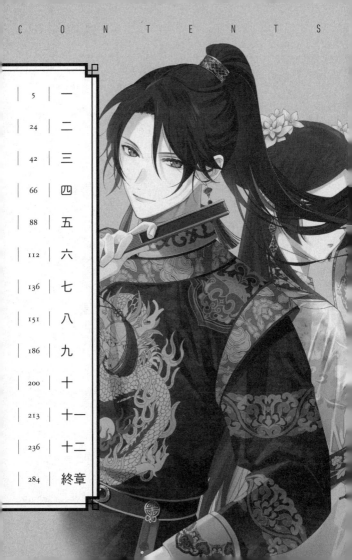

一

纏《まと》わりつくような嘆きがあった。

夜中にひどい悪夢を見て、飛び起きるような感覚。

瞼《まぶた》を開けると、目の前には見ず知らずの女性がいた。大きな黒い瞳に、黒髪を結い、着物に似た衣装を身につけている。コスプレだろうか、と正規《まさき》は思った。

（でも、凄《すご》く可愛《かわい》い）

生まれてこのかた、身内以外の女性の顔をこんなに間近で見たことはない。

（……っていうか、誰？）

「お嬢様、気がつかれたんですね……！」

お嬢様って誰が。

「婉婉《えんえん》様……？」

（……そうだ。エンエン……と言う名前を、どこかで聞いたことがあるような気がした。姉ちゃんに推されて始めたばかりの中華後宮乙女ゲームの脇キャラにそん

な姫がいたかも)

変わった名前だから覚えていたのだ。

はっきりと目が覚めて、覗《のぞ》き込んでくる彼女を見上げる。

「よかった……！　何ヶ月も眠ったままで、私たちがどれほど心配したか……！　旦那様も亡くなってしまわれたというのに、お嬢様までもしやこのままかと思うと、本当に夜も眠れなくて……」

彼女はぼろぼろと涙を零《こぼ》す。

正規には、まったく話が見えなかった。

(この女性は誰だ？　旦那様って？　エンエンって？)

エンエンがあのゲームの婉婉だとすると、旦那様とは婉婉の父親の董《とう》将軍で、婉婉をお嬢様と呼ぶこの女性は彼女の侍女か何かだろうか。

そして婉婉と呼ばれている自分は、婉婉ということに……？

いや、そんな馬鹿な。

(俺は天海洲《てみす》正規だ)

それ以外の何者でもないはず——なのだが。

そもそもここはどこなのだろう。自分はどうしてこんなところにいるんだろう？

室内は、中華風……というのだろうか。

寝かされているベッドの片側は壁で、逆側には天蓋のような瀟洒《しょうしゃ》なカーテンが垂れていた。部屋に置かれた家具などは光沢のある黒っぽい木製のものが多い。多分紫檀《したん》だろうか。

侍女の背後には、大きく円形にくりぬかれた透かし建具の間仕切りがあって、その先も続き間になっているらしい。

見覚えのない部屋ではあるが、どことなくあのゲームの中の「架空中国」の雰囲気に似ている。中華そのものというより——問、十七世紀から十八世紀にかけてヨーロッパで流行した中国趣味をなんと呼ぶか。解答、シノワズリ。

正規は直近の記憶をたぐった。

そう……いつものように市立図書館を出て、ゲームをプレイしながら電車で家に向かっていたのだ。

けれども降りる間際になって画面が急におかしくなり、電源を落とすのもデータが消えそうで怖かったために、ついスマホを弄《いじ》りながら改札を出てしまった。いつもなら決してしない、「歩きスマホ」的な行為をしてしまったのだ。

(で……何歩も歩かないうちに車にはねられて)

——生きてるか？　救急車は？

——だめだ、頭が完全に潰れてる

という会話を遠く聞いた。

我ながら馬鹿だった。これだから危険行為はするべきでないのだ。後悔先に立たずだ。

だが——あの瞬間、死んだはずなのに、これはどういうわけだろう。病院のベッドで見ている夢？

（でも、頭が潰れて死んだはずじゃ……）

「婉婉様？　大丈夫ですか？」

「菫……婉婉？」

「そうですよ……！」

じわりと侍女の瞳が潤み、宝石のような涙がまた零れ落ちた。

本当にここはゲームの中の世界らしい。——死にかけている正規の夢の中でもあるのかもしれないけれど。

でもこの際、なんでもよかった。菫婉婉の中に魂が入ってしまったとしても、夢を見ているのでもなんでも——死んでいるよりは、生きてるほうがずっといい。

「私のこと、わかります……？」

彼女は不安そうに問いかけてくる。

婉婉の侍女はゲームには出てこない。わかるわけがなかった。

こういうときは、これしかない。

「何も覚えてないみたいなんだ」

正規は記憶喪失を装うことにした。

「私は簫《しょう》春花《しゅんか》。お嬢様の子供の頃からの侍女です。私のこと、本当にわからないんですか？」

春花は泣き崩れる。

やや垂れ目の優しい、けれどくっきりした顔立ちの少女だった。

目の前で美少女に泣かれると、何やら申し訳なくなってくる。けれども覚えていないのは自分のせいではないし、謝るのも何か違う。

正規の困惑に関係なく、春花は縷々《るる》として語り続ける。情報を得るという意味で、これ以上の状況はなかった。

「お命が助かったからよかったようなものの、本当に馬鹿なことをなさって……！　高星《こうせい》様に棄《す》てられたからって自殺まで図らなくても」

「え」

高星というのは男、おそらく恋人だろう。棄てられたからといって自殺する？

正規の感覚でいえば、信じられない馬鹿馬鹿しさだった。

正規も昔、女子に告白して振られたことはある――何度もあるが、そんなのはごく普通のことじゃないのか。むしろよほどのイケメンでなければ、受け入れられるほうがレアなのだ……とでも考えないと、やっていけない。

（やっていけないから自殺しようとしたのか）

考えかたや感じかたは人それぞれだ。昔から言われているとおり「百円のために人殺しをするやつなんていくらでもいる」のだ。百円はともかく、裁判の判例を紐解《ひもと》けば、納得できない動機など数限りない。婉婉が男に振られて自殺を図っても、驚くようなことではないのかもしれないが。

「そもそもなぜ、柱に頭をぶつけて死のうなんて考えたんです⁉　人のいないところでそんなことをなさっても、当てつけにもなんにもならないでしょうに⁉」

「は……柱に頭？」

そんな自殺の仕方があるのか……！

しかも当てつけに？

たしかに人前で首を吊《つ》ったり、手首を切るような悠長な真似《まね》をしていたら、絶対阻まれて死ぬに死ねないだろうけれども。

それにしてもそんな死にかたがあるなんて、考えたこともなかった。正規には、ちょっとしたカルチャーショックだ。

「それも覚えていらっしゃらないんですか⁉　いえ……それはそうですよね。私のことも忘れていらっしゃるくらいなんですから……」

覚えてはいないけれども、一つ納得できたことがある。

目を覚ましてからずっと感じている、体に纏わりつくような深い嘆きは、恋人に棄てられた婉婉の悲しみだったのではないかと。

「男なんて星の数ほどおりますのに……そりゃあ今は董家もよい状態とは言えませんけど、新しい縁談だってきっと」

「……そういえば、さっきも言ってたけど、……誰かお亡くなりに？」

「お嬢様……！」

また春花の瞳から涙が溢《あふ》れた。

「それも覚えていらっしゃらないんですね……！　亡くなられたのは、お嬢様のお父上の董将軍様です」

やはり董将軍が亡くなったのか。

この世界で、今のところ数少ない知っているキャラクターだったこともあって、正規は肩を落とした。

その表情を、親を失ったことを知った悲しみと捉《とら》えたのか、春花は慌てて続ける。

「でも、董家は兄上様がきっと盛り立てて、お嬢様にもまた良縁を探してくださいます。……今の状況では難しいかもしれませんけど、兄上様が科挙に受かれば道は開けますわ」

「科挙……」

随《ずい》の煬帝《ようだい》から清《しん》朝末期の光緒帝《こうしょてい》まで続けられた官吏登用試験をなんと呼ぶか——解答、科挙。

「ええ。ずっと勉学に励んでいらっしゃいますから、きっと次は受かります」

ということは、つまりずっと勉学に励んではいるけれども、今は受かっていない……ということでもある。なんとなく今後も望み薄な気がするのは気のせいだろうか。

「そうしたら次はお嬢様の番ですわ。高星殿下のように美形というわけにはいかないかもしれませんけど、きっと誠実なかたを選んでくださいます」

「殿下……ってことは、まさか皇子……？」

「はい」

董将軍の娘ともなれば、皇子との縁談があっても不思議ではないのか。それより気になったのは、「美形」というところだった。

（イケメンだったのか）

婉婉を棄てたと聞いて以来、悪かった高星に対する印象が、さらに悪くなる。

正規は正直、容姿に恵まれていなかった。平板な顔には面皰《にきび》跡の凹凸ばかりが目立ち、低身長で、横にばかり太かった。しかも陰キャで、まったく女性にもてなかった。そのためか、イケメンには潜在的にそこはかとない妬《ねた》みがあったのだ。

「……高星皇子ってどんな人？」

「明るくて気さくなかたではありました」

「『では』？」

言葉尻を聞き咎《とが》めると、春花は口が滑った、という顔をする。

「つまり軽薄だった、と」

「有り体に言えば、そうです。高星殿下は、陛下のご寵愛《ちようあい》深い窈《よう》貴妃《きひ》様の一人息子で、生まれつき可愛らしく、成長されてからはさらにお美しくお育ちでした。貴賤《きせん》を問わず若い娘たちの憧れの的でしたが、そのせいか少々浮ついたところがありました」

つまりチャラ男、と。

ますます正規の高星に対する嫌悪感は募る。

「そんな人となぜおつきあいを……？」

「董家は高星殿下の乳母《うば》の実家と遠縁に当たるので、その関係で殿下も昔からときどき遊びにいらしておいででした。お嬢様とは幼なじみで子供の頃から仲がよかったので、旦那様のご出世もあり、嫡福晋《ちやくふじん》として輿入《こしい》れすることに決まったのです」

「嫡……福晋？」

「正室のことです」

また春花が、そんなことまで忘れておしまいになって……という顔をするのを、さりげなくやり過ごす。

婉婉は高星とただの恋人同士だったわけではなく、婚約していたらしい。そういえば、縁談が……と、春花は何度か口にしていた。

「どうして婉……お……私は振られたの？」

そんなことを侍女が知っているだろうかと思いながら問いかければ、春花はまた目を潤ませた。どうやら知っているらしい。春花と婉婉は、侍女とお嬢様という以上に親しかったようだ。

「……忘れてしまわれたのなら、今さら」

「教えて！」

渋る春花を強く促す。

「……高星殿下は、兄上様のほうへ婚約解消のお申し入れをなさったそうです。その理由は、お……お嬢様の……」

「私の？」

「……言えません」

春花は首を振った。

「言って！」

正規はさらに促す。

「でないと、また柱に頭をぶつけて――」

「やめてくださいませ……!!」

「じゃあ言って」

「……殿下は、お……お嬢様の……」

卑怯《ひきょう》な脅しに、ようやく春花は口を開いた。

「お嬢様の、……お顔がお気に召さないと……っ」

「はあっ？」

正規は耳を疑った。

顔が気に入らないから婚約を解消するって？　そんなことが許されていいのか。しかもわざわざその理由を告げるなんて――たとえそれが本音だったとしても、普通はもっと傷つかないように、当たり障りのない理由をつけるものじゃないのか？

同時に、かつて好きだった女の子に告白したときの自分の姿がオーバーラップする。

――その顔で、気持ち悪いこと言わないでくれる？

「だ……だけど子供の頃から知りあってて、勿論《もちろん》顔もわかってて婚約したんだろ？　なのになんで今頃になって」

「それは……」

「それは？」

「おそらく旦那様がお亡くなりになったからかと……」

正規は体がわなわなと震えるのを止めることができなかった。

「……つまり将軍が亡くなって実家に力がなくなったから、不細工な女なんか棄ててしまえってことかよ⁉」

「申し訳ございません……‼」

その剣幕がよほど凄かったのか、春花はびくりと身を竦《すく》めた。

「お嬢様、そのようなお言葉遣いを……やっぱり言わなければよかった。病み上がりのお嬢様になんてこと……！　私は愚か者です‼」

春花は叫んだかと思うと、自分の両頰を交互に思いきり叩《たた》きはじめた。

正規はぎょっとして毒気を抜かれた。

「な、何やってるんだ……！　やめろよっ！」

これも中国文化なんだろうか。自分で自分の頰を叩いて罰するのが？

自分でやっているからといって手加減をしているわけではないらしく、春花の頰はすっかり赤くなってしまっている。

正規は思わず彼女の手首を摑《つか》んでやめさせた。ふれた瞬間、しっとりとやわらかな感触にどきりとして、慌てて放す。

「ご、ごめん……」

「え？」

春花はきょとんと首を傾《かし》げた。

あ、そうだった。

（今の俺は婉婉――彼女の女主人なんだから、手を握ってもなんの問題もないんだった）

何やらよからぬ考えが頭を擡《もた》げかけるけれども、無理矢理それをねじ伏せる。今はそれどころではないのだった。

「と……とにかくお……私が聞いたんだから。君が悪いわけじゃないから……」

悪いのは高星皇子だ。

春花はまた涙を零す。

「高星殿下は本当にひどいかたです。こんなにお優しいお嬢様を棄てるなんて……」

春花はずいぶん涙もろいたちらしい。目の前でこんなにも女の子に泣かれて、正規はどうしたらいいかわからなかった。

そんな戸惑いが、春花にも伝わったのだろうか。彼女は頬を拭った。

「あの……私、兄上様に、お嬢様が目覚められたこと、お知らせしてきますね」

「ありがとう」

春花はベッドの側面に垂れかかるカーテンを閉めようとする。

「あ、……春花さん」

「お嬢様……」

呼び止めると、振り向いた春花の瞳にまた涙が浮かぶ。

「……ご記憶がなくても、これまでどおり春花とお呼びください」

春花は、大切な「お嬢様」が記憶を失い、自分のことも何もかも忘れ果ててしまったことが、悲しくてならないのだろう。そうなってしまった婉婉に同情してもいる。

だが、本当は婉婉はとうに亡くなっていて、体は生きていても心はすでにこの世のものではないのだ。記憶喪失どころの話ではない。

「……春花」

正規は呼び直した。真実を告げても信じないだろうし、たとえ信じてくれたとしても、さらなる悲しみの底へ突き落としてしまうだけだ。せっかく「お嬢様」が命だけは取り留めたのだと喜んでいる春花をこれ以上悲しませたくなかった。できるだけ婉婉らしく振舞ってやりたかった。

「少し疲れたから寝る。しばらく起こさないでもらえる？」

「かしこまりました」

まだ少ししゃくりあげながら、春花は部屋を出ていった。

正規は一人になると、天蓋を少し開けて、室内を見回した。

今いるのは婉婉の寝室に当たる部分で、ベッドのほかに化粧机のようなものが置かれている。あまり詳しくはないが、これも材質は紫檀だろうか。花などが彫刻されたかなり立派なものだ。床には緞通《だんつう》が敷き詰められていた。

使われている布などの色味は赤――というよりはピンクに近いものが多い。この時代にありうる染色なのかと思うけれども、やはりゲーム世界だからありなのだろう。かなり少女らしい雰囲気の部屋になっている。

(董婉婉の部屋か……)

正規はようやく、別人として生まれ変わったことを実感しはじめていた。

(もうすぐ受験だったのにな)

昨年落ちた東大を再び受験し、今度こそ合格するはずだった。

東大へ行って、クイズ番組に出て有名になる。そして東大クイズ帝王になって、在学中に司法試験にも受かり、検事になるのだ。

――ええ？　東大まで行って官僚でも外資でもなく、しかも弁護士でさえないわけ？

などと茶々を入れてくるやつもいたが、余計なお世話だ。そこまでやれば、いくら非モテであっても美人妻をゲットできるはず――それが正規の夢だった。いやルサンチマンかもしれないが、もう手が届くところまで来ていたのに、全部だめになってしまったなんて、まだ信じられない。

(むしろ今が夢で、潜在的に受験から逃避しようとしてるだけなんじゃゃ……)

ゲームの世界に転生したというよりは、そのほうがまだ現実的だ。

だとしたら、もう一度柱に頭をぶつけてみれば――?

(だめだめだめだ、そんなことをして今度こそ本当に死んだりしたら、取り返しがつかないだろ!)

せっかく生きていられたのに。

いつか夢から覚めて、前世に戻れるかもしれない。

こうなった以上、それまではこの世界でなんとか生き抜くしかない。

正規はベッドから下りた。

しばらく寝たきりだった婉婉の体はだいぶ弱っているようだった。少しふらつきながら、机にたどり着く。

(これが婉婉の机)

その上には、あまり映りのよくない鏡が置かれていた。

この世界の鏡はまだ銅などの金属を磨いて作ったものらしく、あまりはっきりとは映らない。

（中国でガラス製の鏡を製造する工房を開設したのは誰か、またその名称は？——解答、康熙帝《こうきてい》、玻璃廠《はりしょう》。一般に普及するのはさらにそのあと）

ちょっとした瞬間にクイズの問答を考えてしまう習慣は、なかなか抜けないようだった。こんなことはもうまったくの無駄だというのに。

鏡を覗き込めば、女性の顔が映っていた。

（これが董婉婉の顔）

なるほど、と思わないわけにはいかなかった。

鮮明には映っていないが、たしかに美しくはない。はっきり言えば、だいぶ不美人なほうだろう。面皰跡が残っているうえに目立つほくろがあり、美人であれば色っぽい泣きぼくろに見えたかもしれないが、婉婉の場合はどうにも鬱陶しいばかりだった。地味で薄暗い感じがするところは、正規自身の顔にも似ていたかもしれない。

（でも、だからって家が没落した途端、棄てるなんて）

最低にもほどがあると思う。絶対に許せない。

どうせなら美人がいいという気持ちは男としてわからないではないが、それでも高星に対する怒りは収まらなかった。その怒りの中には、もしかしたら体に強く残る婉婉の憤りが混ざり込んでいたのかもしれない。

机の抽斗《ひきだし》を開けてみれば、一枚の絵が入っていた。

大切そうにしまわれていたところをみると、もしかしたら高星から婉婉に贈られたものではないだろうか。

(下手くそ。俺が描いたほうがまだ上手い)

墨でざっと描いて適当に色を塗っただけの、ほとんど落書きのようなものだ。そんなものを、婉婉はずっと持っていたのだ。

(そんなに好きだったのか……)

それはそうだ、彼に棄てられて自殺したくらいなんだから。

(女の子を顔で振るようなやつなのに)

これは正規の世界の法律でいえば「婚約不履行」だ。

正当事由がないにもかかわらず婚約破棄をした場合、破棄した側は相手に対して、債務不履行の責任を負う。顔の美醜は正当事由にならない。もともと顔を知ったうえで婚約していたのだからなおさらだ。

前世なら、精神的苦痛による慰謝料を請求する事案だ。だがその程度のことは、皇子にとってはたいした罰にはならないだろう。

婉婉は自殺したのだから、高星皇子も死ぬべきだ。……と言いたいところだが、高星が物理的に婉婉を手にかけたわけではないし、人殺しはさすがに抵抗がある。

けれども彼には、死にたくなるほど辛《つら》い思いを味わってもらいたかった。

（復讐《ふくしゅう》してやる。この俺が婉婉に代わって……！）

高星皇子に報いを受けさせるのだ。

この世界での当面の目標を見いだし、正規は誓った。

二

復讐を実行するために、まず必要なのは情報収集だ。

どんな男か知らなければ急所もわからないし、住まいを知らなければ接触することもできない。

婉婉《えんえん》が何か手がかりになるものを書き残したりしていないかと思ったが、ほかには特に何もなかった。死ぬ前に処分してしまったのかもしれないが、それ以前の問題として、婉婉は読み書きができなかったらしい。この世界の女性としてはごく普通のことだ。

春花《しゅんか》やほかの侍女、兄たちにも聞いてみたが、弱みになりそうな情報は手に入らなかった。

もしかしたら婉婉以外に本命の女性がいたのではないか。もしそうなら、その相手との仲を引き裂けばダメージを与えられるのではないか——とも思ったが、やたらもてる男だということ以上の話は聞けなかった。

そもそも皆、話したくなさそうだった。これまでの経緯を考えれば当然のことではあった。

（どうしたものか……）

正規《まさき》は考える。

皇子である高星は宮殿に住んでいて簡単に近づけるものではないし、そもそも良家の子女はあまり外出させてもらえないのだ。

董婉婉《とう》として意識を取り戻してから一月《ひとつき》。

正規は屋敷から出ることもできず、ただ養生して過ごしている。そのあいだにこの世界のことや、董家の置かれている状況などがだいたい理解できたのはよかったけれども。

「はあ……」

「お嬢様……どうなさいました？」

ついため息をつくと、春花が問いかけてきた。

「さきほどから何度もため息をおつきになって……」

「そんなに何度もついてた？」

「はい。五回以上は。……やっぱり朝ご飯がお気に召しませんか」

「え、いやそんなことは」

とはいうものの、たしかに食卓はじわじわと粗末になりつつあった。

董家は、董将軍の出世のおかげで宮廷でも重要な地位を占めるようになった新興一族で、昔からの名家ではない。

董将軍の死後、董家を継いだ長兄は科挙に落ち続けていて、有り体に言って無職だ。次兄は軍人として従軍してはいるが今ひとつぱっとせず、父の引き立てのない今、出世は望めそうもないらしい。

いきなり極端に貧しくなるわけではないとはいえジリ貧には違いなく、家を切り盛りしている長兄の妻の愚痴は絶えなかった。

正規としても、董家の将来への不安は濃かった。

このままでは高星《こうせい》皇子に復讐するどころか、董家が破産してしまう。

(前世なら、バイトでもして家計の助けにするところだけど……)

外出もままならない令嬢には、働くことは難しい。

普通ならこういうとき、娘の婉婉を金持ちに嫁がせて家の助けにしたりするのかもしれないが、醜女《しこめ》ゆえか、そういう話は出ていないようだった。正規にとっては不幸中の幸いだが。

(男に嫁がされるとか冗談じゃないもんな。俺だって中身は男なのに)

簡素な朝食を口に運びながら、黙々と考えていると、

「何かお悩みでも……?」

再び春花が問いかけてくる。

悩みはある。会う機会もない高星皇子に、どうやって復讐するかということだ。だがそれを春花に言うわけにもいかない。何より止められたら面倒だ。

「別に。……ただ退屈で」

「刺繡《ししゅう》はなさらないんですか？　以前は毎日のようにいろんな図案を描いては刺してらしたのに」

この世界の女性の趣味としては、刺繡や針仕事は定番らしい。けれども正規に刺繡ができるはずもなかった。

「ちょっと気乗りしないというか……」

「では、庭を散歩なさっては？」

「うーん」

董家の庭は、没落してからだいぶ荒れ気味だとはいえ美しく、日本人の正規から見ると珍しい中華庭園だ。けれどもこの一月のあいだ何度も歩いて少々飽きていたし、散策しても復讐が進展するわけでもない。

正規は何も進まず、変わらないことに膿《う》んでいたのだ。

「あ、そうだ」

と、春花が言った。

「円通寺《えんつうじ》に参拝されてはいかがですか？」

「円通寺？」

「菫家の菩提寺《ぼだいじ》です。今頃は茉莉花《まつりか》が綺麗《きれい》ですよ」

「行きたい……！」

正規は即答した。

何しろこの世界に来てからというもの、菫家の敷地外に出たことが一度もないのだ。せっかくの異世界、ぜひ見てまわりたかった。

「出かけてもいいの？」

「ええ。供養のためでしたら、兄上様もお許しになると思います。去年も……」

と言いかけて、春花ははっと口を噤《つぐ》む。

去年は高星と出かけたんだな、と正規は察したが、気づかないふりをした。


数日後、どうにか長兄の許可を得て、春花とともに菫家を出た。

馬車で行くのかと思ったら、輿《こし》だった。綺麗な垂れ幕のかかった箱のようなものを、四人がかりで担ぐのだ。

内部は、春花とゆったり並んで座れるくらいの広さがあった。

興に揺られながら、幕を少し開けては外を見てはしゃぐ。街のようすは横浜《よこはま》中華街に少し似ているが、ビニールやプラスティックが存在しないせいか、だいぶ時代がかって趣深かった。昔は日本もこんな雰囲気だったんだろうな、と思う。

「ずいぶんいろんな店があるん……のね」

会話にはなんらかの翻訳が効いているらしく、特に問題なく通じているが、女性が使わないような言葉遣いをすると春花からチェックが入ることがあるのだ。そのあたりのニュアンスまでもが同時翻訳されているようだった。

「あれは?」

「薬材店……お薬の材料を売る店です」

「あれは?」

「酒楼ですね。東北《とうほく》料理を出す店です。その向こうが質店。このあたりでは一番大きな店でしょうね」

興味を惹《ひ》かれた店について聞けば、春花が教えてくれる。

「帰りに街に寄ってみていい?」

「少しだけならいいですよ」

「あれは?」

「……あれはお嬢様が興味を持っていい店ではございません」

やがて到着した菩提寺は、大きな門のある立派な寺だった。

見慣れた線香よりかなり太くて長いそれに三本纏めて火をつけ、亡くなった婉婉の両親と先祖に向けて三拝する。位牌《いはい》もずいぶん大きくて、同じ仏教でも日本の前世のものとはだいぶ違うようだった。

参拝が済むと、春花と寺の庭を散歩した。茉莉花は勿論、大きな池に蓮《はす》まで咲いていて、とても綺麗だった。

しばらく池のほとりで涼んでから、寺の帰りに、街へ立ち寄った。

「美味《うま》そう……！」

ラーメンに似た麵類を見つけ、つい歓声をあげてしまう。

「お嬢様、はしたない」

春花に窘《たしな》められて、慌てて口を押さえるが、それも一瞬のことだった。

「これが食べたい」

「ええ？　お嬢様が召し上がるようなものでは……」

正規はそもそもジャンクフードが大好きだったのだ。ラーメン、カレー、ポテトチップス。ハンバーガーにピザ、チキンナゲット。この世界に来て数ヶ月、食べたくてたまらなかった。その気持ちが、ラーメンに似た麵類を見て爆発してしまっていた。

「すみません、これと同じもの二つ！」

制止しかける春花の脇から、勝手に注文してしまう。

「もう、お嬢様ったら……」

「いいから座って」

店先のテーブルに、春花と向かいあって座る。目が合って、正規の胸はときめいた。

（春花……春の花のよう――か）

なんて似合う名前なんだろう。

だいぶ春花の可愛さにも慣れたとはいえ、一緒に散歩をしたり、街なかの店で食事をしたりするのは、家の中で仕えてもらうのとはやはり少し違っていた。そもそも家では、侍女はお嬢様と同じ食卓を囲まないのだ。ちょっとしたデートをしているような気分だった。

（前世にいたままだったら、こういう経験も一生できなかったかもな……）

これだけでも転生した甲斐《かい》があったかもしれないと思い、いやいやと思い直す。

（俺は将来、金と地位の力で美人妻を手に入れる予定だったんだから、デートだってし放題だったはずなんだ）

でもそんなデートが楽しかったかどうか。

（まあ、今のこの春花の優しい笑顔だって、俺じゃなくて婉婉に向けられたものなんだけど）

料理はすぐに運ばれてきた。濃い色のスープの中に、麺がちょろっと入っているだけのものだ。

正規が知っているラーメンよりは、だいぶ酸味が強く、思っていたのと違う。酸辣湯麵《スーラータンメン》に似ているかもしれない。

「酸っぱい……」

「でも美味《おい》しい」

「それはようございました」

おかわりまでして麵を食べ終わると、二人で街をそぞろ歩いた。

正規には何もかもがめずらしかった。いちいち立ち止まって手に取ったりしてはしゃぐ。餅《もち》やサンザシ飴《あめ》などの菓子をお土産《みやげ》に買ったりもした。楽しい時間に、ずっと続いていた鬱々とした気持ちが晴れていくようだった。

そうしてすっかり遊び疲れた頃のことだった。正規は人々が群がっている建物の前へと行き着いた。

「立て看板……？」

「選秀女の募集のようですね」

「選秀女……？」

「宮殿に仕える宮女を選ぶのです」

「皇帝の側室とかになるってこと？」

「それは三年に一度募集されますけど、それとは違うものです。毎年、宮中で働く女性を募り、試験で選ぶのですよ」

その答えを聞いた瞬間、頭に閃《ひらめ》いた。

「それだ！」

「え？」

春花が愛らしく首を傾げた。


「選秀女を受けるって、ご冗談でしょう⁉」

帰りの輿の中で話すと、春花は声をあげた。

「あれはお嬢様のようなご身分のかたが受けるものではありません！　兄上様……旦那様がお許しになるはずないでしょう」

選秀女には二通りあって、一つは三年に一度、皇帝の側室候補になる女性を選ぶもの。

一定以上の身分の少女は基本的に全員これを受けなければならない決まりになっていた。婉婉も本来ならこちらを受けるべき女性だが、早々に高星と婚約していたため、今まで受けたことはない。次回を受けるとしたら、ちょうど前回が終わったばかりのため、あと三年待たねばならなくなってしまう。そんなには待てないし、今の婉婉の中身は正規なのだ。皇帝の側室になるなんて冗談ではなかった。

もう一つは毎年募集されている、外廷で事務方として働いたり、料理や裁縫などを受け持つ宮女を選ぶもの。

掲示されていたのはこちらのほうだ。こちらももし皇帝の目に留まれば手がつく可能性はあるが、婉婉の容姿ではその心配は無用だろう。

「兄上の許可を取らないとだめかな?」

「当たり前でしょう!」

前世なら、バイトを決めるのに保護者の許可などいらなかった。けれどもここではそんなに簡単にはいかないようだ。

「仕送りすれば家計の助けにだってなるし、董家の食い扶持《ぶち》も減るんだから、兄上にとっても悪い話じゃないと思うんだけど」

「焼け石に水ですよ」

「でもじわじわ使用人の数も減ってるし、食事も乏しくなってるだろ。食費を削るような状況なら、お——私が仕送りすればそれなりに助かるんじゃないの?」

「お嬢様……」

春花がなんとも言えない顔で眉を寄せた。

「やっぱり気がついてらしたんですね。食事が粗末になっていること……」

「そりゃ気づくよ」

「私も詳しくは存じあげないのですが、董家は昔からの貴族ではないので賜った所領もさほどではなく、亡くなった旦那様の給金が最大の収入源だったようで、今は何かと……出るものは多く蓄えは少なく……」

董家は没落していく最中なのだ。古くからの貴族なら土地を切り売りしたり、調度品を手放したりして凌《しの》ぐところだろうが、董家ではそれも難しいらしい。

「でも無茶です！　董家のお嬢様が宮女だなんて、体面というものがあります。それに高星殿下の婚約者だったお嬢様を宮女に採用するなんて、ありえませんよ」

「それについては考えがある」

「どんな？」

「春花の名義を貸してくれないか？」

「はあっ⁉」

春花はめずらしい大声をあげた。

「ご……ご冗談を！」

「頼む、このとおり。君に迷惑はかけないと約束するから」

「そんなことを言われても……」

春花は困惑をあらわにする。

「宮女になったら、年季が明けるまで滅多に家にも帰れないんですよ」

「年季明けっていつ」

「二十五歳です」

長い。婉婉の歳《とし》だと、七年以上もある。

けれども、それでやめようという気にはなれなかった。

「休みがもらえたときは、必ず帰ってくるから。それに、春花のことは絶対首にしないように、兄上と義姉上《あねうえ》によく頼んでおくし」

「私のことなんかどうだっていいんです。でも、そもそも試験に受かりませんよ」

「試験」

選秀女、というくらいだ。勿論選抜試験が行われるのだ。

それに受かるはずがないと言われ、正規はぴくりとこめかみを引きつらせた。

「この俺――私が試験に落ちるって？」

正規の脳裏には、一浪のトラウマが蘇《よみがえ》ってきていた。

正規は子供の頃から賢く、成績だけは抜群によかった。というか、それしか取り柄がなかったので、勉強だけは頑張ってきたのだ。にもかかわらず、東大受験には失敗してしまった。

そしてその挫折を克服すべく、さらに勉強して臨んだ二度目の東大二次試験は、なんと事故死して受けられないままだ。

その代わりが選秀女、というのもあまりに畑違いすぎるけれども。

(でも、今度こそ合格してやる……!)

だが、春花は言った。

「だって秀女になるには、読み書きができなければならないんですよ」

「読み書きなんて――」

できるに決まっている。

ただし、日本語なら。

話し言葉は日本語と同様に喋《しゃべ》って、なぜか通じている。相手の話していることもわかる。が、文字のほうはそうはいかなかったのだ。

(全然読めないわけじゃないけど……)

この世界の中国語は漢字――今で言う繁体字だし、受験のために漢文の勉強もしたから、ある程度はわかる。読むほうは漢文を書き下し文にする要領で読めば、読めないことはなかった。だが勿論、日本語を読むようにさらさらとは読めないし、ましてやほとんど綴《つづ》れない。

なぜ喋れるのに書けないのかといえば、推測だが婉婉に読み書きができなかったためではないだろうか。

昔は良家の姫君であっても、字が読めない者のほうが多かったと聞いたことがある。西太后《せいたいごう》が力を持ったのは、女性にはめずらしく少し読み書きができて、咸豊帝《かんぽうてい》の仕事を手伝うことができたからだという説もあった。

婉婉も、中国語の読み書きができなかった。

つまり、婉婉にも正規にもできないことは、できない。

婉婉として生まれ変わって一月半ほどのあいだに、そういう仕組みなのだと当たりをつけていた。

「……この頃、兄上に習ってるし」

前世ではオタクと言っていいほど本が好きだった正規は、文字が読めない状態が落ち着かなくてたまらなかったのだ。

長兄は突然の頼みに驚きながらも、毎日少しずつ読み書きを教えてくれるようになっていた。とはいえ、書くほうは未《いま》だ、三字経《さんじきょう》と千字文《せんじもん》とかいう初心者用のテキストさえクリアできてはいなかった。

「それだけじゃありません。宮女になるんですよ？　妃嬪《ひひん》のかたがたにお仕えするためには、気働きができないといけません。これまで仕えられる一方だったお嬢様にできますか？」

「そ、それは……」

たしかに春花の言うとおりだった。

現世で人に仕えたことがないのは勿論、前世では人に仕えられたことさえない。そもそも引きこもり気質で、家族以外の人間とはあまり接触していなかったのだ。気が利かないと言われたことは数え切れないほどあるが、気が利くと言われたことは一度もなかった。

これくらい侍女に向かない性格もないだろう。

「どうせ受けたって落ちるに決まっています」

「だ、だったら……！」

正規は反駁《はんばく》した。

「どうせ落ちるなら、受けるだけでも受けてみたい。もし落ちたらすっぱりと諦めるから……！」

「またそんなことを……」

「春花は落ちるに違いないと思ってるんだろ。だったらいいじゃないか。だめだったら諦めるって言ってるんだから」

「お嬢様」

「このままじゃ、俺の気持ちがすっきりしないんだよ……！」

決意を込めて春花を見つめる。春花は深いため息をついた。

「お嬢様……そんなにも高星殿下のことを」

「えっ？」

「ひと目お会いになりたいのでしょう」

「え、ちが……っ」

「おっしゃらなくてもわかりますわ」

春花の目から見て、それほど婉婉は高星皇子に夢中だったのだろう。何しろ棄てられて自殺を図るくらいなのだ。

つゆほどにも考えていなかったことを断言され、正規は咄嗟《とっさ》に言葉が出てこなかった。

春花は続けた。

「けれど皇宮は一つの街ほどの広さがあり、無数の人々が働いているのです。たとえ採用されても、そうそう会える機会などありませんよ。遠くから姿を見るのがせいぜい――むしろあちらがお嬢様に気づきでもしたら、相当ばつの悪いことになってしまうと思いますけれど」

「そんなことにならないように気をつけるから……！」

「……わかりました」

春花は言った。

「そこまでおっしゃるなら、私もできるだけのお手伝いはさせていただきます」

「春花……！」

物凄い誤解をされているが、賛成してくれるのならこの際どうでもいい。

「ありがとう……‼」

「きちんと試験を受けて落ちれば、お嬢様も今度こそお気持ちを整理できますでしょう」

こくこく、と正規は頷《うなず》いた。

「ただし不合格になったら、高星殿下のことも選秀女のことも、本当にすっぱりと綺麗に諦めてくださいね」

「わかった。でももし合格したら、宮女になることを認めてくれるよな？」

「ええ。もし合格なさったら、ですけれどね」

春花は婉婉が宮女になることに賛成してくれたわけではない。落ちると確信しているだけだ。

それでも正規は頷いて、握られた手を握り返した。

三

輿から覗くと、何度もニュース映像などで見たことのある巨大な門が視界に飛び込んできた。

（天安門《てんあんもん》だ……！）

前世では毛沢東《もうたくとう》の真影が飾ってあったはずのところには、今は何もない。ただ朱色の外壁が続くばかりだ。

そしてその奥にあるのが紫禁城《しきんじょう》――この世界での名を紫微城《しびじょう》という。もともと紫禁城の名は、天帝が住むという北極星を紫微星《しびせい》と呼んだところから来ているというから、ゲーム内でも語源に基づいて命名したのだろう。

けれども正規《まさき》がくぐるのは天安門ではなく、西側面にある西花門《せいかもん》だ。宮女を選抜する内務府に近い門で受付しているという。

せっかくだから外周を歩いてみようと輿を降りると、送ってきた春花《しゅんか》も心配して一緒についてきてくれた。

「……っていうか遠くない？」

正直、受付所に到着するまでにかなり草臥《くたび》れた。もうちょっと近くで輿を降りればよかったと思ったが、後の祭りだ。

屋敷からほとんど出たこともない、しかも数ヶ月寝たきりだった婉婉《えんえん》には、想像よりはるかに体力がなかったようだ。

（前世の俺だってなかったけど、もうちょっとはましだった……）

それに、疲れ果てたのは婉婉の体力の問題だけではなく、実際に紫微城がそれだけ広いということでもあった。そういえば春花は、一つの街くらいの大きさがあると言っていた。

「そんなにすぐに疲れてしまうようでは先が思いやられますね。いっそ受験をやめられては？」

「ここまで来てやめられるわけないだろ」

「本当に、くれぐれもお気をつけて。帰りもここで待っておりますからね」

合格した場合でも、一度帰って支度を調えてから再度入宮することになるのだ。

「そこまでしなくても大丈夫なのに」

「そういうわけにはまいりません」

ともかく西花門に到着し、春花と別れた。

試験の申し込みを受理されて、城内へ入る。そして配布された藍色の長着に着替え、ほかの宮女候補たちとともに内務府の裏に並んだ。

やがて数人の女性が建物の広縁に姿を現す。中でも最も上等そうな衣装を纏った一人が挨拶を述べた。

「私は、試験官を務める一等宮女の繁《はん》女官です」

宮女には、一等宮女から四等宮女までのランクがあると春花から聞いていた。この女性はその中でも最高位にあるということだ。

「おまえたちはこれから、宮殿に仕えるにふさわしい能力や心構えを問われます。宮女になるには、これから行われる試験に合格しなければなりません。不合格になった者は、名前札を返し、城を去る決まりです。心して挑むように」

「はい」

宮女候補たちが両手を腰の脇で重ね、膝を落として礼をする。

「それでは、試験を始めます」

繁女官は、斜め後方に立つ部下の宮女たちに小さく頷いてみせる。一人が持ってきた椅子に、彼女は腰を下ろした。

別の宮女があとを引き継ぐ。

「名を呼ばれた者は、前に出て繁女官に挨拶するように。——李可馨《りかけい》」

一人の少女が進み出て、先刻と同じように挨拶をする。その姿をじっと見て、繁女官が頷いた。

「中へ」

別の宮女が促し、李可馨は再度お辞儀をして、短い階段を上り、奥へ消えていった。

「白明玉《はくめいぎょく》」

同様に一人がお辞儀をする。が、今度は繁女官は首を横に振った。

「左へ」

白明玉はさっと顔色を変えて何か訴えようとしたが、再度促されて左へ進む。彼女の前に盆のようなものが差し出された。

「札を」

彼女は渋々と胸につけられていた木札を外し、盆に載せると、涙ぐみながら足早に去っていった。

(……これが最初の試験なのか)

と、気づかないわけにはいかなかった。

(けど、どこで合否を判断してるんだ?)

室内へ上がるのを許された子も、左へ行かされた子も、正規の目には同じように礼をしているとしか見えなかった。

(いったいどこが違うんだよ?　お辞儀してるだけだろ?)

けれども数人見ていくうちに、だんだんわかってくる。

可愛い！　と思った子はだいたい受かり、これは婉婉に劣らないが勝らない……と思った子はだいたい落ちるのだ。

（そんなのアリなのか……⁉）

正規は愕然《がくぜん》とした。

（前世だったら容姿差別で訴えられるぞ）

ルッキズムだと証明することは困難だろうが。

でも、だとすれば婉婉の合格の目はないことになるのではないか……？

（馬鹿な……！　顔で落とされるなんて）

前世ではありえない――いや、実際にはこれほどあからさまではないだけで、ありとあらゆるところで存在する差別だが、それだけに正規は憤った。

本当にそうなら、そんな理不尽が許されていいわけがない。

なんとか突破口を見つけようと、正規は目を皿のようにして試験を見つめた。

幸い、志願したのが遅かったので、婉婉の順番は後ろのほうだ。それまでにほかの者をじっくり観察することができる。

（あの子は合格、この子は不合格……）

そうするうちに、なんとなく気づく。

顔の要素は大きいが、それだけで合否が決まっているわけではないのかもしれない。そもそも「選秀女」は宮殿で働くにふさわしい娘を選抜する制度だ。つまり容姿以外にも全体的な感じのよさ、立ち居振る舞いの上品さ、挨拶の仕方などを総合的に見て、宮女候補たちを「外側」で足切りしているのだ。

（くそ、こんなところでまで足切りかよ……っ）

顔だけでは決まらないとしても、状況はなんらよくなってはいなかった。

婉婉は上流階級のお嬢様でも、今の中の人は正規だ。挨拶の仕方は付け焼き刃だし、立ち居振る舞いにも上品さなんてあるわけがなかった。それに十九年生きてきて、感じがいいなどと言われたことは、ただの一度もない。

（感じのよさ、ってそもそもなんだ？）

今朝《けさ》、髪は春花が結ってくれたし、時間をかけて化粧もしてくれた。前世だったら人気ユーチユーバーになれそうなほどの彼女の腕前により、普段よりはずいぶんましな姿にはなっているはずなのだが。

——お嬢様がお化粧をする気になってくださるなんて、選秀女に協力した甲斐がありましたわ！

これまで婉婉は、自分を飾ろうとしたことがなかったらしい。その気持ちが正規には少しわかる。どう飾っても美しくなるような容姿ではないと諦めていたからだ。

それが選秀女をだしに春花が強く勧めたからとはいえ、少しは着飾る気になった。そのことが、春花にはとても嬉《うれ》しかったらしい。

（春花……）

本物の春花だったら、ここは難なくクリアできただろうに。

（あんな感じのいい子は見たことなかったもんな。俺なんかにも笑いかけてくれて）

感じのいい、というよりは、本当にいい子なのだと思う。花のような春花の笑顔が脳裏に蘇る。

そのときふと閃いた。

（あ……これか？　感じのよさの本質って）

人を思いやる気持ちを持った、心からの笑顔だ。

（だけど笑顔なんて「気持ち悪い」としか言われたことないのに）

「簫《しょう》春花」

ちょうどそのとき名前を呼ばれて、正規は飛び上がりそうになってしまった。辛うじて声を出すのを堪《こら》え、前に進み出た。

腰の脇で両手を重ね、膝を折る。そして顔をわずかに上げる。

繁女官が口を開いた。

「中へ」

（やった……‼）

心の中でガッツポーズをした。

正規は咄嗟に、春花の笑顔を真似たのだ。

試験中に満面の笑みを浮かべるわけにもいかないし、また基本的には上の地位にある者を許可なく直視することも許されてはいない。だがそれでも正規は春花になったつもりで、なりきって微笑した。

（ありがとう、春花のおかげだ……！）

多分あの瞬間だけ、あの可憐《かれん》さの数十分の一くらいでも、正規に宿ってくれていたに違いない。

第二関門、第三関門は、意外にもあっさりと突破できた。

第二関門は、算術だった。

小卓の並んだ広い部屋に座らされ、正面に貼り出された問題を宮女の一人が親切にも読み上げてくれた。

「鶴と亀が合わせて三十二頭います。それぞれの足の和が九十四になるとき、鶴と亀は何頭ずついるか？」

鶴亀算だ。算数なら言葉の壁はほぼないようなものだし、この程度は前世なら小学生レベルだ。

同様の問題が三問出て、正規は三問とも難なく解くことができた。

第三関門は読み書きだった。

ここからが問題——と、正規は心臓が迫《せ》りあがるような緊張を覚えたけれども。

「この用紙に、好きな漢詩を書きなさい」

という設問を聞いたときには、心の中で思わずガッツポーズを取った。

字を読める女性さえ少ない時代、客観的には難しい課題だったのかもしれない。けれども正規は、記憶力だけは抜群にいいのだ。教科書に書いてあったことならすべて覚えていると言っても過言ではない。漢詩もその一つだった。

(国破《くにやぶれて》山河《さんが》在《あり》……)

この場合適切な詩かどうかはともかく、漢文の教科書に載っていた有名な漢詩を、余裕を持って書き終えた。

(次の試験は何かなあ、っと)

もう勝ったようなものかもしれないと気が緩みはじめたそのとき。

小卓の上に、再び紙が配られた。

「次は、侍女に大切な気働きについて問う問題です。自分が妃嬪のかたがたの侍女であると想定して、それぞれの場合にどう対応すべきかを紙に書きなさい」

浮ついた気持ちに冷水を浴びせられた。

(どうしよう)

気働きなどできない。気の利いた答えなどできるはずがない。

だがそれ以上に、解答を漢文で書くのが絶望的だった。明らかに稚拙な文章で解答すれば、点数が低くなるのは勿論、先刻の漢詩はきちんと書けていたこととの整合性も取れなくなる。最悪、不正を疑われる可能性さえあった。

(……となると、もうこれしか)

正規は小卓の端に手を突いた。体重をかけると、机がひっくり返る。がちゃん……！と大きな音が響いた。

「きゃあっ」

隣の席の少女が悲鳴をあげた。

「何事です⁉」

「申し訳ありません……！」

正規は平伏した。

「緊張のあまり手が滑り、机を倒してしまいました……！」

そればかりか硯《すずり》は割れ、墨が零れて紙は真っ黒になってしまっている。隣の少女の服まで少し水がかかっていた。ここまでの大惨事にするつもりはなかったのだが。

繁女官は苦虫を嚙《か》み潰したような顔をした。

「……誰か。ここを片付けて新しい硯と紙を」

最悪、この粗相で失格になる可能性もあったが、試験は続行させてもらえるようだ。賭けには半分勝ったようなものだ。

「それには及びません……！」

正規は言った。

「ここまでの試験で、すでに私の読み書きの実力はおわかりいただけていると思います。このうえ高価な新しい硯と紙を使わせていただくのは申し訳ないので、この設問については口頭で解答させていただけませんでしょうか。皆の用紙を回収したあとで答えれば、不正にもならないと思います」

これまで、こんなことを言い出した宮女候補はいなかっただろう。イレギュラーな事態に、繁女官たちは顔を見合わせる。

――前例がありません
――こんな我の強い娘は宮女に向きません
ひそひそと審議する声が漏れ聞こえる。

（……って言われるよな、やっぱ。前世でもよく言われた）

言いたいことをはっきり言いすぎるとか、きついとか。

生意気だと受け取られ、落とされるかもしれない。

（せっかくここまできたのに）

「面白いじゃないの」

そのときふいに、鈴のような女性の声が割って入ってきた。

廻眸《ひとみ》一笑百媚生──眸を廻《めぐ》らし一笑すれば百媚《ひゃくび》生ず──思わず振り向いた瞬間、たいして詳しくもないのに長恨歌《ちょうごんか》が脳裏に浮かんだ。それほどなまめかしく、美しい女性が立っていたからだ。

雪のように白い肌に淡い色の瞳と髪をしているのは、ゲーム世界だからなのか、この国の設定が征服王朝で、かなり西方まで領土としているからなのか。淡い赤紫の衣装を纏った彼女は、烟《けぶ》るような微笑を浮かべていた。

その後ろには数人の女性たちが控えている。彼女たちも美しく、煌《きら》びやかに着飾っているが、正直霞《かす》んでいた。

「窈貴妃《ようきひ》様。瑛妃《えいひ》様、恵貴人《けいきじん》様」

三人は皇帝の側室らしい。繁女官以下、膝を折って挨拶をする。身分の高い相手に会ったときの礼儀だ。正規も慌ててそれに倣った。

（窈貴妃……）

彼女が高星《こうせい》皇子の母なのか。なるほど寵愛並ぶ者なしというのも頷ける。息子の高星が美丈夫なのも当然だろう。

正規はつい見惚《みと》れてしまい、目が合ってはっと伏せた。高貴な人の顔をまともに見るのはこの世界では無礼なことだし、何より彼女が婉婉の顔を知っているかもしれないからだ。婉婉と高星が幼なじみだということは、窈貴妃とも面識があっても不思議はない。

（気づかれた……⁉）

ひやりとしたが特に反応はなく、正規はほっと息をついた。

「窈貴妃様、今日はなぜこのようなところへ？」

「選秀女を見に来たのよ」

「毎年ね。お姉様ったら本当に物好きなんだから」

口を挟んできたのは後ろにいた妃嬪の一人だ。多分、瑛妃のほうだろうか。小柄で童顔ながらおっぱいが大きく、一昔前に流行《はや》った言葉で言えば「エロ可愛い」。

（……っていうか「お姉様」って？　まさか実の姉妹とか？）

そういえば瑛妃の衣装は、より若々しい濃い桃色である以外は、形から刺繍から窈貴妃のものにそっくりだ。

「繁女官は今年初めて担当するから知らないでしょうけど」

それにしても、貴妃といえば後宮でも皇后に次ぐほどの身分のはずなのに、毎年選秀女を見に来るなんて、たしかに物好きというほかはない。皇帝の側室を選ぶほうの選秀女なら、まだわからないことはないのだが。

「それで、繁女官。この娘のこれまでの解答は？」

と、話を軌道に戻したのは、もう一人の妃嬪だった。青っぽい地味な装いの彼女は、恵貴人だろうか。

「こちらに」

繁女官の指示でほかの宮女が正規の答えを書いた紙を恵貴人に渡す。

「たしかに読み書きはできているようです」

恵貴人はそれに目を通し、窈貴妃に差し出した。窈貴妃は頷く。

「口頭での答えを許してあげたらいかが？」

「まあ、お姉様ったら、こんな婢女《はしため》にまで慈悲をかけるなんて……！ お優しいにも程があるわ！」

瑛妃の抗議を、窈貴妃は喉で笑って受け流す。

「しかし試験には公正を期さねばなりません」

と、繁女官は言った。

「字は書けるようだし、答える内容が変わるわけではないでしょう。この娘の提案も機転の一つと考えれば、宮女の適性があるとも言える」

思いもかけない援軍だった。

(正直ありがたい……けど、なんで?)

婉婉だと気づいている――とは思えない。ただの気まぐれだろうか。初めて会う女性だが、そういうことをしそうな雰囲気が、なんとなく窈貴妃にはある。

「とはいうものの、たしかに依怙贔屓《えこひいき》と疑われるのはよろしくないわね。ではこうしましょう。最後にもう一問、私から彼女に質問するということでは?」

つまりペナルティとして、ほかの候補たちより問題を一つ多くクリアしなければならないということだ。

「かしこまりました。ではそのようにいたしましょう」

と、繁女官は答えた。

「おまえたちが妃嬪の侍女だったとして答えよ。設問の一、妃嬪から冬瓜《とうがん》の汁物を所望されたが、冬瓜がない。御膳房はすでに閉まっている時間だが、どうするか」

こういった問題が、いくつか出題される。

当の妃嬪たちが見ているせいか、繁女官たちもどこかやりにくそうだった。

（飲みたきゃ自分で作れよ。夜中に侍女に命じてないで）

と、正規は思う。前世だったらパワハラだ。だが、貴人の命令に従うのが、この世界の侍女の仕事なのだ。

（そういえば、春花もよく汁物を作ってくれたっけ。こっちから頼んだことはないけど、気を利かせてくれて。……美味しかったな）

「やめ」

号令とともに宮女候補たちが筆を置く。助手の宮女たちが解答を回収していった。

「では、籥春花。口頭で回答しなさい。設問の一から」

「はい」

正規は立ち上がった。

冬瓜を手に入れる方法はいくつか考えられる。こっそりと城外に出て買ってくるか……しかしこれは難しいうえに見つかったら厳罰だろう。

または御膳房の者か、親しい侍女などを叩き起こして分けてもらえるように頼むか。不可能ではないかもしれないがはた迷惑だし、たかが冬瓜のために侍女にそこまでさせたと知れると、妃嬪の評判をも落とすかもしれない。

「冬瓜がなければ、冬瓜の汁物は作れません」

正規は答えた。

「よって、断ります」

「は……⁉」

周囲がざわめいた。侍女が妃嬪の命令をこんなにあっさり蹴っていいはずがない。それはわかっているけれども。

「そもそも設問一は、引っかけ問題なのです」

「引っかけ……？」

大学受験でもよくあるやつだ。

「御膳房が閉まっているということは、深夜であろうと思われます。そもそも冬瓜は体を冷やすので、夜更けに飲むには向きません。ですので、もし冬瓜があっても断り、代わりに身体を温める食材を使った汁物を提案いたします」

「具体的には？」

「蕪菁《かぶら》や生姜《しょうが》、大根おろし、鶏肉《とりにく》などです。それぞれ消化もよく、特に鶏肉の皮にはコラー……いえ、肌にはりをもたらす成分が含まれ、アンチエ……ええと、大量に摂取すれば翌日はぷるぷるになると言われております。きっと納得していただけるかと思います」

ふむ……と、繁女官が小さく頷いた。完璧な正解が決まっているような問いではないだろうが、繁女官の評価は悪くないようだ。

「では、設問二を」

「はい」

設問二は、陛下のお召しがあったのに、妃嬪が暑気当たりして体調が万全でない場合、どう対処するか、だ。

「陛下に事情を話し、お断りするというのも一つの答えだとは思いますが、重病というわけではないので、できれば体調を回復していただけるよう努めます」

「具体的には」

「まず温かいお茶や汁物などで、水分を補給します」

「暑いのに、熱いものを飲むのか」

「内臓を温めたほうが自律神経の働きがよくなり、代謝も上がります」

「自律……?」

自律神経は通じないのか。

「とにかく身体を冷やさないほうがよいということです。汁物の具材は疲労回復効果のある鶏胸肉や豚肉を使い、また豚の肝臓で鉄分を補給して貧血を改善するなどすれば、有効であると考えます」

「ずいぶん詳しいようだな。医女の経験でもあるのか」

「い、いえ。遠縁の者が薬膳料理の店をやっておりますので、人よりは少し詳しいだけです」

実のところ今答えたのはすべて、飽きるほど目にしたテレビの通販番組の受け売りと、家庭科の授業で習った知識だ。受験科目ではない教科だが、正規にとって勉強は趣味に近い。高校時代、家庭科の試験もほぼ満点でクリアした実績がある。

(意外と役に立ったな……)

全科目一位を狙って勉強したものの、時間の無駄のような気さえしていたのに。

そのあとに続いた設問は、「自分が仕える主人の元に別の妃嬪が訪ねてきたが、主人は会いたくないと言っている。どう断るか」など、秘書検定みたいな問題だった。

これなら、空気が読めないと言われる正規でもわかる。正解は「体調が悪いから会えない」と言って帰ってもらう、だ。前世で何度となくこう言って断られたことがあるが、たとえ嘘《うそ》だとわかっていても、体調を理由にされると文句のつけようがないからだ。病人相手に無茶を言えば、こちらが悪者になってしまう。

共通の問題が終わると、繁女官は窈貴妃を見た。

「窈貴妃様」

窈貴妃は頷いた。

「では、約束どおり私から一問。やはり妃嬪の侍女として答えてもらいましょう。――陛下のご寵愛が薄れ、侍女や宦官《かんがん》に当たり散らす妃嬪がいたとする。おまえならどう慰めるかしら？」

（うわ……そう来る？）

この問いには、正直鼻白んだ。

妃嬪にとって、皇帝の寵愛は最重要事項だろうし、それを失えば侍女に当たり散らす者もいるだろう。だが、その対処を選秀女の試験問題にするとは。

しかし問われたからには答えなければならない。

「私なら、……慰めません」

「慰めない？」

というか、ヒステリーを起こした女性を慰めるなんて高度なことが、女性とまともに口をきいたことさえないような正規にできるはずがなかった。だが、そう答えるわけにはいかなかっただけだ。

「慰めずにどうするの？　打たれるままになって、妃嬪が高価な調度を壊すのを黙って見ているの？」

「慰めてもご寵愛が戻るわけではありません。私なら、取り戻すための策を練ります」

窈貴妃は、少し興味を惹かれたようだった。笑みを浮かべて細められていた瞳がわずかに煌めく。

「どのような策を？」

「それは状況によるので、具体的には今はわかりません」

「その策は有効かしら？　一度は離れた陛下のお気持ちを取り戻すことが、果たしてできる？」

「難しいとは思います。でも、ただ慰めるよりは可能性があるかと」

「男のような考えかたね」

軽く笑われ、ぎくりとする。中身が男だと疑われることはないだろうが、鋭い指摘だった。

（そういえば男脳と女脳って話を聞いたことがあるな）

女が悩み相談などをする場合、相手に求めているものは共感だが、男は解決策を出そうとしてしまう。よってすれ違う。ここを理解していない男は、もてない、と。

（……とすると、今の俺の答えは、侍女に共感を求めている妃嬪に応えられていないということに……？）

やっぱり無理にでも慰めの言葉を考えるべきだったのか。とはいうものの、今に至っても何も思いつかないままだった。

「まあいいわ。私からは以上よ」

「……っ」

「では、これにて試験を終わります。発表までしばらくこの場で待つように」

窈貴妃一行と繁女官たちが立ち去ると、宮女候補たちの緊張が一気に解けたのがわかった。正規も崩れるように膝を突いた。

「奇をてらえばいいってもんじゃないのよ」

ふいに投げつけられた言葉に顔を上げれば、先刻正規が水をかけてしまった隣の席の少女だった。

「……さきほどはごめんなさい」

混乱の中できちんと謝っていなかったことを思い出し、正規は言った。

「でも思ったとおりに答えただけで、奇をてらったわけじゃありません」

「それに、礼儀もなってないわね。せっかく窈貴妃様に声をかけていただいたのに、不躾《ぶしつけ》すぎるわ」

「な――」

反射的に反駁《はんばく》しかけて、はっと思い出す。

目上の者に接するときは、基本的に顔を伏せていなければならないのだ。それに、答えるときには「お答えします」と言うとか、細かいマナーがある。春花にいろいろ教えてもらったのに、付け焼き刃で覚えても緊張すると簡単に襤褸《ぼろ》が出てしまう。

(しょうがないだろ。前世では「人の目を見て話す」っていうのが常識だったんだから)

と、心の中で言い訳しても後の祭りだった。

そうするうちにも、繁女官と宮女たちはすぐに戻ってきた。

「では、合格者を発表します。名を呼ばれた者は立ちなさい。――李可馨」

「はい」

立ち上がってお辞儀をしたのは、隣の少女だった。わざわざ嫌味を言ったのは、他人を謗《そし》るだけの自信があったからなのだろう。たしかにかなりの美少女ではあった。

（そういえば、足切りで最初に合格した子だったな）

と、正規は思い出す。

合格者の発表が進むにつれ、緊張は高まっていった。ぎゅっと手を握り締め、頭《こうべ》を垂れる。

（だめかもしれない）

落ちたら高星皇子に復讐できる当てもなくなる。この世界で何を胸に生きていけばいいのか。

それに復讐のことばかり考えていたけれども、董家は没落しつつあるのだ。いつまでもお嬢様として暮らせるとは限らない。縁談のあてもなく――希望してもいないが――ただ朽ちていくよりは、女官を目指したのは賢い選択だったと思うのだ。

でもそれも落ちてしまったら水の泡だ。

「簫春花。――簫春花」

そのときふいに春花の名が耳に入ってきて、正規ははっと顔を上げた。

「は、はい……っ」

つい大きな声で返事をしてしまって失笑を買う。

（受かった……！）

正規は立ち上がり、一礼して李可馨の隣に並ぶ。

つんと顔を背けられたが、そんなことはもうまるで気にならなかった。

四

選秀女に合格し、宮女になると、最初に見習い期間がある。礼儀作法や基本的な宮中の常識などを叩き込まれ、配属が決まるのだ。

正規《まさき》が配置されたのは、長春宮《ちょうしゅんきゅう》の御膳房――つまり厨房《ちゅうぼう》だった。

(料理なんて、調理実習以外でやったことないのに)

選秀女のとき、食材について妙に詳しい解答をしてしまったため、料理ができると誤解されたらしい。拒否権などあるわけもなく、正規は長春宮に移り住んだ。

紫微城《しびじょう》の中には数十の宮殿があり、長春宮は高星《こうせい》皇子の母、窈貴妃《ようきひ》の宮だった。

正規――簫春花《しょうしゅんか》が菫婉婉《とうえんえん》だと気づかれた感じはしなかったから、偶然か、もしかして気に入られでもしたのだろうか。

ちなみに「貴妃」は妃嬪としての位で、皇后、皇貴妃に次ぐ後宮第三位の地位になる。

現在、皇貴妃は存在しないから、実際には皇后の次に高貴な身分ということだ。以下、妃、嬪《ひん》、貴人、常在、答応と続く。「窈」は封号であり、美しいという意味を持つ。

（いきなりこんなに高星の近くに配属されるなんて）

試験当日のことといい、縁があるのかもしれない。

（神様が復讐を応援してくれているのかも）

長春宮には高星皇子もたびたび訪れる。未だ妻帯していない高星は、ほかの年若い皇子たちとともに、紫微城内の果緑宮《かりよくきゆう》に住んでいるのだった。

情報を得るにはもってこいの配属とはいえ、婉婉と高星は面識があるはずだ。

（絶対に会わないようにしないと）

復讐の段取りがつく前に気づかれたら終《しま》いだ。

まず驚かれ、なぜこんなところにいるのかと問われるだろう。子女を宮仕えに出さなければならないほど董家は落ちぶれたのかと嘲笑されるか、振られても身分を偽ってまで会いに来るほどまだ未練があるのかと嘲笑されるか――どっちにせよ嘲笑されることは間違いない。

幸い、御膳房は広い長春宮の隅にあるし、下っ端が主人に会う機会などまずなかった。そのうえ儀礼上、宮女が主人の前に出るときは顔を伏せている決まりなので、大丈夫だとは思うのだが。

ともあれ、正規は長春宮の御膳房で働きはじめた。

料理のことはまったくわからなかったが、基本的に新入りは下働きでこき使われるところからはじまって、だんだんと難しい仕事を任せられるようになる。その過程で覚えていけば、なんとかなりそうではあった。

(……って言っても、今のところ掃除したり道具を洗ったりばっかだけどな)

新人はどんな世界でも掃除からなのだろう。

食器を洗って野菜屑《くず》などを片付け、床を掃いて磨く。なかなか力もいるし、手も荒れてくる。

(掃除って大変なんだな)

前世ではほとんど何もしたことがなかったけれど、台所も風呂もトイレもいつもピカピカだった。そのありがたみが全然わかっていなかった。

(今さらお母さんに感謝したって遅すぎるけど)

「そんなに一生懸命やったって、どうせすぐまた汚れるのに」

李《り》可《か》馨《けい》の声が降ってきた。

選秀女で絡んできた彼女とは、同じ長春宮の御膳房に配属されてしまったのだ。本当に、縁があると言ったらいいのかなんと言ったらいいか。

「そりゃそうだけど、それを言ったら掃除って行為を全否定することになるだろ」

「は？　全……？　何？」

「また汚れるとしても汚れたままにはしておけないってこと」

というか、やはり前世に比べるとだいぶ衛生観念が雑なので、あまり汚れが目につくと性格的に耐えられないのだ。

「ふうん。ま、あんたがやってくれたら、私の負担が減って助かるけど」

やっと掃除が終わったら、今度はゴミだ。生ゴミやほかのゴミを纏めて、御膳房の裏にあるゴミ置き場に出す。新人の当番制だそうだが、今年は二人しかいないから、隔日でやらざるをえない。

(ほんと何しに来たんだか……⁉)

紫微城にも、この世界にもだ。

忙しさと慣れない仕事の疲労で、こんなにも近くにいるのに高星の情報収集もなかなかままならなかった。

それでも、そうして掃除に励むうち、野菜を洗ったり、皮を剝《む》いたりする作業もさせてもらえるようになった。相変わらず下働きではあるのだが、食材にさわらせてもらえるようになったのは嬉しかった。

窈貴妃は皇帝の第一の寵妃《ちょうひ》だけあって客も多く、そのたびに客に合わせた料理や菓子を用意しなければならない。御膳房も忙しいため、宮女を遊ばせておく余裕はなく、出世も早いのだ。

長春宮には皇帝は勿論、ほかの妃嬪たちも訪れる。中でもよく来るのが瑛妃《えいひ》だ。皇帝の寵愛を廻《めぐ》るライバルでもあるのだろうに、瑛妃には張りあうような気持ちはないらしく、窈貴妃をお姉様と呼んで懐いているという。もっとも、格上の妃嬪を「お姉様」と呼ぶのは後宮の慣習ではあるらしいのだが。

「瑛妃様は、もともと窈貴妃様の侍女だったそうよ」

と、可馨が教えてくれた。彼女は噂《うわさ》好きで、後宮の内情には正規よりだいぶ詳しい。

「陛下が自分の妃の侍女に手をつけたってこと？」

「よくあることよ」

可馨は言った。

「むしろ陛下のお目にかなうように、自分の侍女に教養を身につけさせたりする妃嬪のかたもいらっしゃるみたいよ」

「なんでそんなことするんだよ？」

夫にほかの女性を世話するなんて。

「そりゃ……歳を取って寵愛が薄れても権勢を維持するためとかじゃないの？　内心は穏やかじゃないのかもしれないけどね」

正規の感覚ではひどく不道徳に思えるが、この世界の常識は違うらしい。そもそも後宮は一夫多妻制なのだから、根本的にずれていて当然なのかもしれなかった。

正規はふと、選秀女のときのことを思い出す。

（もしかして選秀女を見に来てたのも、いい娘を探してたとかだったりして？　いや、まさかね。それだったら俺が採られるわけはないし）

それに窈貴妃は今も美しく、寵愛も深いから必要性も感じられない。

「私もどうせなら侍女に採用されたかったわ」

と、可馨は言った。実際彼女は美人だ。もし本当に窈貴妃が皇帝に差し出すための女性を探していたのだとしたら、そうなっても不思議はなかっただろうけれど。

「私はね、このとおりの美貌なんだから、妃嬪のかたの侍女になって陛下の目に留まるはずだったのよ。なのになんで御膳房なんかに配属になったのよ……！　しかもあんたみたいな不細工と一緒に！」

「そんなこと、お……私に言われても」

配属を決めたのは、正規ではない。

「……そういえば、瑛妃様も選秀女で入宮したの？」

正規はさりげなく話題を逸《そ》らした。

「実家から呼び寄せた侍女らしいけど……ちょっと謎なのよね」

「謎？」

「窈貴妃様はもともと西方異民族の出身でしょう。瑛妃様は違うし……それに噂もあるのよね」

「噂って？」

可馨は声を潜める。

「瑛妃様が昔、いかがわしい店に勤めてたとかなんとか」

「まさか」

高貴な身分の窈貴妃が、身元のしっかりしない娘を侍女にするわけはない。

「まあただの噂よ。でも……」

「でも？」

「陛下が窈貴妃様のところにお泊まりになるとき、よく夜食に胡桃《くるみ》の汁物を申しつけられることがあるみたいなのよね。瑛妃様の好物でしょう」

「うん？　夕食を一緒に取ってるってこと？」

「もっと遅い時間の話——痛っ」

可馨が小さく声を上げた。見れば、包丁で指を切ってしまっている。正規もだが、彼女も手先が器用ではないらしい。

「何よ、その目は？」

手当てをしてやるべきだろうか、でもいつものことだしなあ……などと思いながら、つい傷を見ていると、可馨に睨《にら》まれた。

「不器用で悪かったわね」

「いや別に。私も大差ないし」

「あんたよりは私のほうがましよっ」

正規は包丁をまったく上手く扱えなかった。指を切りそうになったり野菜を落としそうになったり、簡単なはずの作業が進まず、昼飯抜きになったことも数知れない。午前中に言いつけられた数を剝けないと、剝けるまで食堂に行かせてもらえないのだ。遅れていくことになれば、ほとんど食べ物が残っていない。

(調理実習のときはもうちょっとましだったんだけど)

だがそれはピーラーがあったからだ。

(この世界にはないんだよな……ピーラーっていつ発明されたんだろうな)

と思って、ふと閃く。

(作れるんじゃないか？　ピーラー)

構造自体は単純だ。Y字型の先端に刃がついていて、食材の形に合わせて回るようになっているだけだ。

(木を削って……刃は、古い包丁から外して使えばいけるか？)

などと考え込んでいると、宮女仲間の誰かが小さく声をあげた。

「あ、高星殿下よ……！」

(高星だって……⁉)

そういえば長春宮にいながら、正規は未だ彼の顔を見たことがなかった。

こちらの顔を見られないよう避けているということもあるが、皇子が御膳房のあたりまで来ることはそもそも滅多にないからだ。その彼が、たまたま近くを通りかかったらしい。

それにつられて、宮女たちはぱっと持ち場を離れて窓に駆け寄っていく。

(顔を見たい)

と、正規は強く思った。

どうしても顔を見たい。

なぜ——いや、復讐する相手の顔くらい見ておこうと思って当然ではあるけれど。

これは「見たい」と言うより、会いたい、のでは？

そんな気づきを無視しながら、何かに引きずられるようにじわりと窓へ近づく。もしも彼に見つかったら、と思っても、足が止まらなかった。通りかかったとは言っても距離があるし、これだけ多くの宮女が群がっていたら、気づかれることはないだろうけれど。

正規は宮女たちの一番後ろから、従者とともに通り過ぎていく高星を見た。

(……あれが婉婉を棄てた男)

「本当に美形よねえ……」

たしかに高星は美しかった。艶やかな長い黒髪、窈貴妃に似てやや色素が薄い肌、秀でた眉に通った鼻筋。すっきりと切れ長だが、涼しげに笑みを浮かべたような瞳。

この顔に、婉婉は騙《だま》されたのか。

顔なんて、皮一枚剝けばみんな同じ骸骨なのに。

そう思う。思う——のに、鼓動が速くなる。

(なんだこれ)

ときめいているのか、切ないのかよくわからないこれは。

(この体に残る婉婉の気持ち……⁉)

正規は呆然《ぼうぜん》と立ち尽くした。

「素敵な髪よね」

「あの瞳に見つめられたら、もう死んでもいい！」

宮女たちはさえずり続けている。

それに気づいたのか、高星がちら、と御膳房のほうへ視線を向けてきた。

正規ははっとしてしゃがみ込む。

「おまえたち、持ち場を離れて何やってるの！」

ちょうどそのとき陳《ちん》女官が来て、宮女たちを叱りつけた。上司としては甘く、あまり恐れられてはいないが、それでもようやく宮女たちは窓から離れた。

「まったく……わかってるだろうけど、玉の輿なんて狙っても無駄だからね。遊ばれて棄てられるのが落ちなんだから」

陳女官は説教をするが、彼女たちの胸には響かないようだ。

「そんなことわからないじゃないですか」

「遊び人だからこそ、もしかして……ってことがあるかもしれないでしょ。皇子様……公主様でも、もし産めたら格格《げげ》になれるかもしれないし」

格格とは、皇子や親王の妾《めかけ》のことだ。嫡福晋や側福晋に比べて位は低いが、一介の宮女からすれば出世だろう。

「馬鹿馬鹿しい。高星殿下が手をつけた女を全部格格にしていたら、長春宮が十あっても足りないでしょうよ」

手を振って促され、宮女たちは渋々と持ち場へ戻っていく。

(長春宮が十だって？)

勿論大げさに言ったに違いないが、それほど高星は女遊びが激しいということだ。

正規は心の中で唾を吐いた。

そんなやつに振られて自殺するなんて、婉婉は本当になんてもったいないことをしたのか。命を賭けるほどの値打ちなど、全然ない男だったのに。

けれども、高星の姿を見ただけで、婉婉の体は勝手に反応するのだ。

(あんたどれほどあいつのこと好きだったんだよ。いったいどこが？って、顔だよな。女がイケメン好きなのは、いつの時代も一緒だな。ただしイケメンに限る——なんて格

言？　もあったっけ）

「わかってないわね」

隣で皮剝きを再開した可馨がこっそりと呟《つぶや》いた。

「え？」

女がイケメン好きなのは事実だろうに——と思ったが、脳内を読まれたわけもなく、可馨が言ったのは全然別の話だった。

「殿下の御心《おこころ》をわしづかみにしちゃえばいいんじゃないの。そうしたら身分が低くても格格になれるし、いずれ妃嬪にだって夢じゃないわ」

可馨は自信があるらしい。

「陛下に見初められたいんじゃなかったのかよ？」

「陛下は陛下、殿下は殿下よ。親子だけあってお二方とも美形だしね」

どっちでもいいらしい。

たしかに可馨は美人だ。きっかけさえあれば高星の目に留まって格格になれる可能性もあるのかもしれない。夢を見るのは自由だし、口を出す筋合いもないけれども。

「あいつはやめとけ」

「なんですって？　まさかあなたも殿下を狙ってるの？」

「まさか！」

正規はぶるぶると首を振った。

「ま、あなたじゃ無理でしょうけど」

(は、こっちから願い下げだっての)

「高星、殿下のどこがそんなにいいんだ?」

情報収集もかねて、正規は聞いてみた。せっかくこんなに敵の近くに配属されたのに、選秀女から今まで、仕事に慣れるのに必死すぎて、ほとんど進んでいなかったのだ。

「そりゃ、あの美貌よ。それになんと言っても次の陛下になる最有力候補なんだから、将来性抜群でしょう」

「でも、高星殿下は第二皇子だよな。皇位は第一皇子が継ぐんじゃないのか」

「そんなこと決まってないわよ。第一皇子は、実母の平妃《へいひ》様が亡くなってから皇后様が養子にして育てられたそうだし、有利な部分もあるけどね」

皇位継承には、年齢順、母親の身分、特に嫡子かどうか、それに即位後最初の皇子だと特別視されたり、いろいろな要素が絡むらしい。

「へえ……」

長子相続でないことに、けっこう驚く。しかしそもそも皇室には長子相続の概念がなく、「皇太子」というもの自体が存在しないようだった。

「一番大事なのは本人の資質、ってことになってるけど、でも結局、陛下がお決めになることだから」

皇位が欲しければ、皇帝に気に入られるように頑張るしかない。

「でも決まった順番がないんじゃ、かえって争いのもとなんじゃないのか？　それにもし、決めないまま陛下が……」

そう聞くと、何を今さら馬鹿な質問を……みたいな目で見られた。

「だから、あらかじめ額の裏に後継者の名前を書いた聖旨を入れておくのよ。必要になるまでは、誰も見られないの」

（そうだ……思い出した）

問、皇帝が後継者に指名する皇子の名を書き残し、死後に初めて開示されるという清《しん》朝《ちょう》時代の皇位継承システムをなんと呼ぶか——解答、「太子密建《たいしみっけん》」だ。

この頃脳内クイズをすることも減っていたけれども。

「なるほど……」

上手い手だと思う。誰が指名されるかわからなければ、皇子たちはそれぞれ精進するだろうし、特定の皇子に重臣が取り入ろうとするのも防げる。皇位継承争いも軽減される……か？

「とはいうものの、陛下の意中の皇子は誰なのか、なんとなく察せられたりはするものよね」

今、高星が有力視されているように。

「でも資質……あるのかな、あのタラシ皇子に」

可馨は一瞬黙った。高星に憧れてはいても、そこはかばいきれないらしい。

「……下々の者にはわからないわよ。でも、ほぼ決まりだってみんな言ってるわ」

「資質がないのに？」

「翁貴妃様へのご寵愛があるもの。その唯一の皇子である高星殿下は誰よりも可愛がられてるわ。翁貴妃様にも、異民族出身で実家の大きな後ろ盾がないっていう不利なところもあるけどね」

「異民族っていうのは障害にならないのか？」

「異民族といったって、皇室の始祖もあのあたりの草原から来てるんだし、もとをたどれば親戚のようなものだもの」

「へえ……」

あんたって何も知らないのね、と可馨は言った。

「皇后様は、あまり寵愛されてない？」

「恐れ多いことをはっきり言うわね。でもまあ、そうみたいよ」

皇帝はたしかに頻繁に長春宮に——翁貴妃の許《もと》を訪れる。そのたびに御膳房にも相応の料理を申しつけられるからわかる。

「御膳房だって、本当は両陛下と皇太后陛下以外の宮は持てない決まりなのに、こうして特別に許されているのよ」

玉の輿を狙っているだけあって、可馨はなんでもよく知っている。

(でも、そんなにも寵愛されているのに、窈貴妃様には一人しか皇子がいないのか)

前世なら珍しくもないことだが、この時代の後宮としてはちょっと不思議ではある。もっと寵愛が薄くても、二、三人の皇子や公主を授かっている妃嬪もいるのに。

ふと、以前ドラマや漫画で見たことのある、大奥などでの寵愛や後継者争いの恐ろしさが脳裏を過《よぎ》った。

(いや……まさかね。あれはエンタメの中の話だから)

ここだってゲームの中の世界だけど。

(……そうだ)

周囲がこんなふうなのだから、本人だってきっと自分が皇位継承者に選ばれると思っているだろう。そこを失脚させてやったら?

それが最もダメージの大きい復讐になるのではないだろうか?

失脚させるとは言っても、簡単な話ではない。

皇帝の窈貴妃への寵愛を失わせれば、高星が皇位継承者になれる可能性は低くなるだろう。

けれども窈貴妃に恨みなどないし、むしろ選秀女のときの恩がある。窈貴妃は、忙しい御膳房を気遣って臨時の小遣いを出してくれたり、上司としていいところもあるし、巻き添えにするのは本意ではない。

(皇帝が高星本人に失望するように仕向けられればいいんだけど……)

女関係の噂は耳に入っているだろうに処罰もないということは、そっち路線はけっこう難しいかもしれない。

仕事で失敗させる？　聞くところによると、成人した皇子たちは、皇帝からなんらかの案件を任されたりすることがあるらしい。

(そういう機会を捉えて失敗させられればいいんだけど、いつになるかさえわからないんだよな……)

なかなかプランを決められず、正規が頭を悩ませていたある夜のことだった。

「ん……？」

ピーラーを作るための枝を探して長春宮の庭をうろついていると、ふと微《かす》かな女性の声が聞こえてきた。

耳を歓《そばだ》ててしまったのは、その声が妙に艶めいたものだったからだ。無視すればいいものを、つい声のするほうを探して近寄っていってしまう。

——……さあ、この指は？

今度は男の声だった。はっと気がつけば、正規は窈貴妃の寝所のすぐ外まで来ていたのだった。

（……ってことは、今の男の声は、陛下……）

ということになる。

（ゆ、指って何、指って！）

慌てて離れようとしたが、足が動いてくれなかった。この中で皇帝と窈貴妃が——と思ったら、好奇心と助平心《すけべごころ》のほうが勝ってしまったのである。正規は経験はおろか、動画でない実際の行為を目撃したことさえなかったのだ。

——ああ……簡単ですわ、これは、陛下の……中指、ですわ……っ

けれども答えたのは、窈貴妃の声ではなかった。選秀女のときに聞いた限りだが、この少し舌足らずな声は、窈貴妃ではなくて、瑛妃のものではないか——？

——不正解だな

——ではお仕置きをしませんと

こちらが窈貴妃の声だ。くすくすと笑い声がする。

――ああ……っお姉様、これは、お姉様の指……薬指だわ、それから、う……上のが親指……ああお姉様……っ

瑛妃の狂おしい喘《あえ》ぎが聞こえてきた。

――ふふふ……これではお仕置きではなくてご褒美ね

(ななな何をやってるんだ……‼)

そういえば、皇帝が泊まるとき、よく瑛妃の好物の胡桃の汁物を御膳房に注文されると聞いたことを思い出す。あのときは意味がわからなかったけれど、あれはつまりこういうことだったのだ。

――瑛妃様が昔、いかがわしい店に勤めてたとかなんとか

可馨はそんなことも言っていた。窈貴妃はまさか皇帝を愉《たの》しませるために、そういうことに抵抗のない「店」上がりの瑛妃をスカウトした……?

そんな妄想を抱いてしまうのは、エロゲのやりすぎだろうか。

心臓がばくばくと音を立てる。正規は動揺のあまりよろめき、思わず掴んだ木の枝を折ってしまった。

――何か音がしたな

――誰か盗み聞きしているのかもしれませんわ

――では仲間に入れてやろうか

（ええ……⁉）

嬉し――いやいやいや。本当に見つかったら、そんな美味しい話で済むものか。実際、皇帝の声はどこかぞっとするような響きを帯びている。

三人の笑い声を背に、正規は足早にその場を立ち去った。咎められずに済んだことにほっとしながらも、聞かれたかもしれないのに少しも怯《ひる》んでいない人々に、呆《あき》れずにはいられない。

（この変態どもめ……！）

心の中で詰《なじ》ったのは、決してやっかみなどではない――はずである。

それからしばらくしたある日、紫微城内にある庭園、麗花園《れいかえん》の中に新しく建てられた建物の新築を祝う宴《うたげ》が開かれることになり、窈貴妃が差配を任された。

皇帝やほかの妃嬪、皇子たちも出席するという。

チャンスかもしれない、と正規は思った。

その席で大恥をかかせてやれば、皇帝も高星に失望するのではないか。それ一回で後継者候補から外れるほどではないだろうが、とりあえず第一歩だ。

宴の日は、長春宮の御膳房をあげて料理を作ることになるし、料理に何か細工するとか。

(……って言っても、作るのは御膳房でも運ぶのは俺じゃないし、ちゃんと高星のところに届くかどうか微妙なんだよな……間違った席に届いたらまずいし)

料理を運ぶのは主に窈貴妃の侍女たちが担当する。御膳房からも数人は手伝いに入ることになっているが、粗相があってはならないだけに、その役目はもっと先輩の宮女が受け持つことになっていた。

でもこのチャンスを逃すのは惜しい。何かいい手はないだろうか。

「え……?」

結局、宴の準備に忙殺されて考える余裕もなく、特に何も思いつかないまま前日を迎えたのだったが。

「明日の給仕の補佐は、秀玉《しゅうぎょく》のかわりにおまえがやるように」

「え、俺が!?」

突然お鉢が回ってきたのは、先輩の秀玉が足を挫《くじ》いて、しばらく歩けなくなってしまったからだった。

「で、でも、お……私みたいな新人じゃなくて、もっと先輩たちが……」

いくら秀玉が無理になったと言ってもだ。

「秀玉の指名なの。『ぴいらあ』のお礼だそうよ。たしかに今回準備が滞りなく進んだのは、あれのおかげでもあったからね」

あれから試行錯誤の末、完成したピーラーは、御膳房を席巻したのだ。

最初は伝統を重んじる料理人たちに白い目で見られたものだったが、宴の準備のための目の回る忙しさの中で、結局は効率が優先されたのだ。

瞬く間にどんな皮でも包丁で剝いてしまう職人芸を持った宮女もいたけれども、そういう者は限られていた。正規ほどでなくても不器用な娘のほうが多く、秀玉もその一人だった。

ピーラーの出現によって飛躍的に野菜を剝くスピードが上がり、しかも薄く剝けることから、わずかながら無駄も減った。

（……何が幸いするかわからないな）

自分が楽をしたい一心で作ったものだったのに。

ともかくそんなわけで、正規は宴席に料理を運ぶ役を射止めたのだった。

五

紫微城《しびじょう》の北側、後宮の妃嬪たちのための庭である麗花園《れいかえん》には、色とりどりの花が咲き乱れていた。

その中にいくつかある建物の一つとして建てられたのが、今回宴が開かれる御望亭《ごぼうてい》である。小高く造られた丘の上の、六角形の小宮殿だ。

正規《まさき》は数人の宮女たちとともに、長春宮《ちょうしゅんきゅう》から御望亭まで料理を運び、配膳した。

皇帝と皇后、皇太后を上座に、妃嬪や皇子たちの席次も決まっており、隙を見て高星《こうせい》の器に細工をしておくことは容易だった。

料理は一種のコース料理になっていて、食事の進み具合を見計らって追加の皿を運ぶ必要があるため、御膳房の宮女たちは配膳が終わったあとも宴席の次の間に控えていなければならない。成果を見られるという意味で、正規にとっては大変好都合だった。

やがて刻限になり、皇帝や妃嬪、皇子たちが御望亭へと集まってくる。

彼らはまず新築されたばかりの邸内を廻り、建物のまわりを囲むように設けられた見晴台からの景色を堪能した。

「素晴らしい見晴らしですわね。黄金色の屋根が波のよう」

「ここから花火など見られたら素敵でしょうね」

妃嬪たちのさえずりが聞こえてくる。

彼らは三々五々、広間へやってきた。

その中には当然ながら高星もいて、妃より美しい姿で愛想を振り撒いている。笑っていられるのも今のうちだと正規は思う。

皇帝の家族だけの宴で参加者はさほど多くないとはいえ、妃嬪が集まるのを見るのが初めての正規は、その煌びやかさに目を見張った。

妃嬪たちは皆、鈿子《でんす》と呼ばれる髪飾りや、宝石の細工がされた簪《かんざし》で髪を飾り、凝った刺繡の入った旗袍を纏っている。チャイナドレスからくびれをなくしたような、正規の感覚からするとチュニックかワンピースを重ね着したような姿だ。薬指と小指の爪には護甲《ごこう》とかいう長く尖《とが》った爪カバーを塡《は》めていて、きらきらしてとても綺麗だけれど、ちょっと怖かった。足許《あしもと》はぽっくりのようなハイヒール、花盆底靴を履いているため安定せず、常に侍女に腕を預けている、そのゆっくりとした歩きかたもかえって優雅だった。

妃嬪もまた、多くは正規とは別種の選秀女によって選ばれている。その基準は美醜ではないと聞いたが、やはり美女が多い。

中でも窈貴妃《ようきひ》はとりわけ美しく、そればかりでなく華があった。

皇帝の寵愛も当然と思える。高星の母親だから、それなりの年齢のはずだが、ずいぶん若く見えた。

（この時代にも美魔女っているんだな……）

選秀女のときに一度は会っているのだが、長春宮に配属されたとはいえ、それ以降まともに姿を見たのはこれが初めてだった。

（声なら聞いたけどなっ）

正規は思わず見惚れそうになった。こちらを向かれては不味いから、慌てて顔を伏せたけれども。

皆が集まったあとに、最後に皇帝と皇后が姿を現す。

（うわ、こっちも……）

正規は次に運ぶ膳の支度をしながら、やや身を乗り出しがちに宴席を窺《うかが》ってしまう。

皇帝も美形だとは聞いていたけれど、これほどとは思わなかった。窈貴妃とは対照的な漆黒の髪に黒い瞳で、なんだかぞくっとするような眼光の鋭さがある。それに若く見えた。窈貴妃と並んだら、本当に美男美女のできすぎたカップルだろう。勝手にベテラン時代劇俳優みたいな感じをイメージしていたから、ギャップに顎が外れそうになった。

（……ん？）

あまりにお似合いだったから、つい皇帝と篠貴妃を対のように考えてしまっていたが、本来皇帝とセットなのは皇后だ。実際隣にいるし。

けれども皇后は、篠貴妃と同様、高価そうな旗袍を纏っているにもかかわらず、あまり目立たない女性だった。それなりに可愛いのだが……篠貴妃よりかなり若いのではないかと思うのだが。

（そういえば二人目の皇后だとか聞いたっけ）

普通なら若いほうに寵愛が傾きそうなものだが、篠貴妃の美貌の前では少しくらい若いとか可愛いとかは、あまり意味がないのかもしれない。

「両陛下と皇太后陛下にご挨拶いたします」

全員が一斉に膝を折る。

「楽にせよ」

低いが、怖いほどよく響く声だった。長春宮で聞いた声とやはり同じ声ではあるのだが、たった一言でさえあのとき以上に威厳を帯びて聞こえる。

「感謝します」

皇帝の許可を得て、皆もとどおり席についた。

皇帝はゆっくりと正面奥に座る。左右に皇后と皇太后、ほかの妃嬪や皇子の席は、その両側にコの字型に配置されていた。

宴が始まると、広間中央で舞が繰り広げられる。それを鑑賞しながら、出席者たちは談笑し、酒や料理を楽しんでいた。

皇帝は、窈貴妃や高星と、舞や景色を漢詩にたとえたりして盛り上がっているようだが、皇后にはあまり話しかけていない。

（まあそりゃ……地味な上におとなしいとなるとな……）

理解できるのと同時に、同情も覚えた。正規自身も、こういう席で上手く立ちまわれるタイプではないからだ。

つい、宴のようすをちらちら窺ってしまう正規の視界に、ふらりと女性の姿が飛び込んできた。妃嬪の一人だ。

（なんだ？　いきなり）

その女性は舞の中を横切って皇子たちの並ぶ席へ行き、末席に座る幼い皇子の手を取った。

「高信《こうしん》……」

彼女は呼びかける。

「ここにいたのね。いつのまにかこんなに大きくなって……気づかないはずね」

「寧嬪《ねいひん》様……っ」

後ろから侍女が追いかけてきて、小さな声で呼びかける。

「こちらは高信様ではありません、お席へお戻りください」

「いいえ、高信よ。大きくなったからわからなかっただけよ、ほらよく見ると同じ顔をしているじゃないの」

まだ五歳ほどの皇子は戸惑って呆然としている。そこへ母親が駆け寄ってきて抱き寄せた。

「さあ、寧嬪様、お席へ」

「放して、やっと高信が……っ」

正規も呆然とその騒ぎを見ていたけれども。

窈貴妃の侍女がやってきて、寧嬪の侍女に何か耳打ちした。おそらく退席を促したのだろう。侍女は一礼し、いやがる寧嬪を連れて広間から出ていった。

——またたわ
——未《いま》だ回復していないのね。お気の毒に……

ひそひそとした妃嬪たちの囁《ささや》きが、正規の耳にも微かに届いた。

何が起こったのか、よくわからない。ただ、寧嬪と呼ばれた妃嬪は以前から少しおかしくなっているらしいことだけは理解できた。

一度は中断された歌舞音曲が再開され、宴は再び盛り上がりを取り戻すかに見えた。

ふいに悲鳴があがったのは、そんなときだった。

はっと視線を向ければ、高星が血を吐いて床に崩れ落ちるところだった。正規は目を疑った。

「兄上……‼」

隣の席にいた弟皇子が高星に駆け寄り、抱き起こした。

「太医《たいい》を呼べ……‼」

皇帝が命じ、控えていた太監《たいかん》が駆け出す。

「高星殿下……！」

「高星！」

妃嬪や兄弟の皇子たちが口々に騒ぎ立てる。

予想外の展開だった。

(なんでだよ、俺が器に混ぜたのは、ただの下剤だぞ……⁉)

効いてもトイレに駆け込むか、上手くいけば粗相をして恥をかく程度だ。急なことでその程度のものしか用意できなかったのだ。これでいきなり失脚させられるとは思わないが、小手調べのつもりだった。

なのになぜ、血を吐いて倒れるなんてことに？

(いや……下剤とは無関係に体調を崩したのかもしれないし)

高星は宦官たちの手で隣室に運ばれていき、窈貴妃とともに皇帝までつき添う。まもなく太医たちが駆けつけてきた。

——どうなさったのかしら
——ご病気？　それとも
——持病があるなんて聞いたことないわ
妃嬪たちが囁きあう。

正規は耳を欹てながら、周囲を窺った。なんとなく空気が張り詰めているのを感じていた。

やがて皇帝が太医を伴って広間へ戻ってきた。

「高星のようすは？」

席から身を乗り出して問いかけた皇太后に、皇帝が答えた。

「どうやら毒を飲まされたようです」

「毒……⁉」

一気に動揺とざわめきが広がった。

——毒ですって……

——いったい誰が
——誰なの？

（毒……）

ということは、正規の盛った下剤のせいではない。

「それで、高星は」

「幸いすぐに吐かせたので命に別状はありません」

「よかった……」

皇太后がほっと息をつくのと同時に、周囲の空気が緩む。正規自身もほっとしたが、その中には高星を案じる婉婉の思いも混じっていたのかもしれない。

同時に再びざわめきが戻ったが、皇帝がそれを制した。

太医が進み出て、高星の席に並んでいた皿を調べる。臭いを嗅いだり銀の針を刺したりして、一つの器を示した。

「こちらの器だと思われます」

当然だが、正規が下剤を混入した器ではなかった。やはり高星が倒れたことと、正規は無関係だったのだ。内心、ほっと息をつく。

だが、それはつまり本当にほかに毒殺犯がいるということだった。

「この中に、毒を盛った者がいるようだ。速やかに名乗り出よ。今ならば苦しませずに済ませてやろう」

背筋がぞっと冷たくなった。汗が滑り落ちていくのがわかる。

苦しませずに済ませる——つまり命を絶たれることに変わりはないのだ。未遂でも許す余地がないほど、皇帝は高星を寵愛しているのか。

名乗り出る者はなかった。

「では、徹底的に調べよ。何か見聞きした者、申し開きのある者がいれば申せ」

と、皇帝は命じた。


「陛下……！　席の離れた者が近づけば目立ちます。妃嬪の席からでは、とても無理ですわ」

「瑛妃《えいひ》は舞を披露したときに、高星殿下のすぐ前まで行きました」

「注目を集めてるときに傍《そば》へ行って、何ができるっていうの！」

皇帝の問いかけに、妃嬪たちが疑いをなすりつけあう。物怖《ものお》じせずに意見を述べているのは、寵愛されている女性だろうか。

「寧嬪もあちこちうろうろしていたわ」

「寧嬪は皇子を失ってからおかしくなっているのよ。何もできやしないわ。それよりも席の近いかたのほうが……」

「私のことですか？」

喧々囂々《けんけんごうごう》の妃嬪たちの声に、男の声が混じった。

第一皇子高緯《こうい》だった。

皇子たちは上座から年齢順に座っていたから、高星の隣はたしかに第一皇子の高緯だ。

正規は初めて高緯を注視した。

長身で均整の取れた体つきに、しっかりした眉に鼻筋の通った、高星ほどではないけれども整った顔立ちをしている。

(たしかに……第一皇子って一番怪しいのかも)

生まれた順番と皇位継承順は必ずしも関係ないらしいけれども、高星がいなければ皇位継承者に指名されるかもしれないし、邪魔に思っていても不思議はない。

だが、彼は言う。

「いくら席が隣でも、これだけの目があれば誰に見られているかわからない。そんな席で毒を盛るほど私は愚かではありませんよ」

それももっともだった。

「そんなことを言い出したら、みな条件は同じでしょう!」

「では、身分を問わず、この場にいる全員の体を検《あらた》めよ」

黙って聞いていた皇帝が命じた。

「身体検査ですって……!?」

　また一斉に抗議のざわめきが起こる。

「陛下、それはあまりに……」

「後ろめたいことでもあるのか？」

　皇后の諫言《かんげん》を一蹴する。皇帝が命令を翻すことはなかった。

　侍衛《じえい》と御前女官、太監たちの手で、妃嬪や皇子、その侍女たちに至るまで調べられる。皇后も例外ではなかった。衝立《ついたて》を使い、全部脱がされこそしないものの、高貴な人たちが体を探られ、髪を探られる姿は、「惨状」と言ってもいいほどだった。

　だが結局、毒を盛った証拠となる壜《びん》や薬包紙と言ったものは、何も出てはこなかったのだ。

「となると……毒は最初から入っていたのかもしれない」

「最初から……？」

「そうだわ、御膳房ですでに毒は入れられていたんじゃないの？　どうして気づかなかったのかしら……！」

「御膳房で高星殿下の膳を狙って毒を盛るのは難しいんじゃないの？」

「配膳した宮女ならできるわ」

　心臓が大きく音を立てた。

　じわじわと追及の手が迫ってきているのだ。後ろ暗いところがあるだけに、正規はぞっとした。

「でもなぜ御膳房の宮女たちがそんなことを……？」

「わからないわよ、誰かに買収されたかもしれないし、それとも恋の恨みかも」

皇帝が侍衛を促した。

「宮女たちも取り調べよ」

「はっ」

控えの間にいた宮女たちは全員広間に集められた。妃嬪や皇子に対してさえああだったものが、宮女に対して容赦があるはずはない。正規もまた下着姿にされ、宦官に調べられた。

下剤の入っていた包みはすぐに見晴台から棄てた。問題は身体検査よりも正体がばれることだが、ここにいる者には顔を知られてはいないはずだった。高星は毒にやられて奥の間にいるし、戻ってくることはないだろう。

「誰も何も持っていないようです」

怪しまれることもなく済んで、正規はほっとした。

そのあいだに室内もくまなく調べられ、こちらも何も出てこなかったようだ。

（このまま下がらせてくれたら……）

そう思ったときだった。

「……婉婉《えんえん》？」

ふいに呼びかけられた。

思わず顔を上げて声のしたほうを見てしまう。そこにいたのは、広間に戻ってきた窈貴妃だった。

（まずい……！）

はっと顔を伏せたけれども、もう遅い。

（っていうか、なんでわかるんだよ⁉　選秀女のときは全然気づかなかったくせに……⁉）

だから面識がないのだとばかり思っていたのだ。

そしてはっと気づく。

もしかして、化粧のせいだろうか。あの日は春花が精一杯頑張って手を入れてくれていた。婉婉とは思えないほど美しくなっていた。けれど同じ化粧が自分でできるわけもなく、今はほとんどすっぴんに戻ってしまっている。

「高星はどうした」

皇帝は窈貴妃に問いかけた。

「落ち着きましたのでご報告に……それより、どうして董《とう》婉婉がここにいるのです」

「董……そなた董将軍の娘か」

妃嬪たちが一気に騒がしくなった。

──董婉婉ですって？

──董婉婉？

──ほら、醜女で高星殿下との縁談がなくなった……

──まあ、あの！

高星との婚約も、その破棄のことも知れ渡っているらしい。後宮とはそういうところなのだ。嘲笑の視線に、正規は密《ひそ》かに両手を握り締めた。

「董家の娘が、なぜこんなところにいる？　しかも宮女の服などを着て」

皇帝の問いに、正規より先に窈貴妃が答えた。

「決まっていますわ、この娘が高星に毒を盛ったのです！」

「違います……！」

正規は必死に抗議した。

「ではなぜ、宮女になりすましてこんなところにいるのです⁉」

なりすましているわけではない。選秀女を経て本物の宮女になったのだが、それを話せば協力してくれた春花にも累が及ぶことになる。隠しとおせるとも思えないが、自分から口を割ることもできず、正規は口ごもった。

だがそうすれば、ますます疑わしく見えてしまう。

「縁談を解消されたことをずっと恨みに思っていたのでしょう、だから高星を手にかけるために宮中へ忍び込んだのでしょう！」

「違います……‼」

復讐のために宮女になったのは事実だ。だが殺そうとまでは思っていなかった。毒を盛ったのは正規ではない。

（でもなんて説明すれば……黙ってたらますます）

「……恨まなかったと言えば嘘になりますが、高星殿下に毒を盛ったりはしておりません。……ただ、思慕の情が断ちがたく、ひと目殿下のお姿を拝見したく……」

正規にしてみれば屈辱に耐え、断腸の思いで口にした弁明だったが、窈貴妃はまるで聞いてくれなかった。

「ほら、やはり高星を恨んでいたのですわ……！」

それだけ愛息子《まなむすこ》が殺されかけて動転しているのだろうか。

「あの……」

そんなとき、妃嬪の一人が発言を求めた。

「静貴人《せいきじん》か。どうした？」

「私、この女が器に毒を盛るのを見ました」

えっ、と正規は思わず声を漏らした。見られていたのか。だがあれは毒などではないのに。

「見晴台からふと広間を覗いたときのことですわ」

「たしかにこの娘に間違いないのか」

「はい、間違いございません……！」

「違います、私は毒など──」

正規の抗議を遮り、窈貴妃が促す。

「陛下」

ただその一言で十分だった。皇帝は口を開いた。

「皇族の暗殺は、未遂であっても死刑と決まっている」

「待ってください……！」

正規は思わず叫んだ。たとえいくら怪しくても、被告人は有罪が確定するまでは無罪のはずだ。

「たった一つの証言だけで、私がやったと決めつけるんですか⁉ 私は毒も毒の入った入れ物も持っていませんでした。物的証拠もなく、毒の入手経路も何もわかってませんよね。なのになんの捜査もせず、ただ怪しいというだけで死刑にするとおっしゃるのですか？ 人の命がそんなにも軽いとお考えなら、陛下は野蛮人です……！」

理路整然と、非の打ちようのない正論を述べたつもりだった。論破したつもりだった。

けれど言いたいことを言い終わってみると、周囲はしんと静まり返っていた。言い負かされて反論できないのかと思ったのも一瞬。

棘《とげ》の刺すような冷たい雰囲気に、正規は戸惑う。自分では当然のことしか言っていないつもりなのに、鈍い正規にもわかるほど空気が凍りついていた。

やがてその沈黙が破られる。

「お……おまえ、陛下に向かってなんという口を……っ‼」

口火を切ったのは妃嬪たちの一人だった。たしかに口にする内容ばかりか、いつのまにか口調までほとんど素に戻ってしまっていた。

「平伏なさい……‼」

「私は……っ」

さらに言い募ろうとしたところを侍衛に取り押さえられ、床に押さえつけられた。正規は必死で顔を上げた。

「私は間違ったことは何も言ってません……！　犯人でもない私を処刑するあいだに、真犯人を取り逃がしてしまいます、それでいいんですか……⁉」

皇帝は唇に薄く笑みを浮かべた。笑っているのに、ひどく恐ろしかった。威圧感は増すばかりだ。

「調べもせずに死刑にするのは野蛮だと言うのだな？」

「はい……！」

「では望みどおり取り調べてやろう」

と、彼は言った。

「董婉婉を慎刑司《しんけいし》で拷問にかけよ」

「拷問……!?」

さっと血の気が引いていった。

まさか拷問されるなんて、考えたこともなかったのだ。前世の日本なら、そんな非人道的なことはありえない。けれどもここは前世でも日本でもない。

（拷問……）

人豚《じんてい》、凌遅刑《りようちけい》、五馬分屍《ごばぶんし》――映画で見た中華の恐ろしい伝統が一瞬にして脳裏を駆け廻った。

漢の呂太后《りよたいごう》は夫が亡くなったあと側室戚《せき》夫人の両手両足を切り、目も耳も潰して厠《かわや》に投げ落として飼ったという。凌遅刑とは、人の体を少しずつ切り落とす処刑法で、できるだけ時間をかけるために切る順番さえきちんと決まっていた。五馬分屍はつまり車裂きのことだ。恐ろしい処刑法だが、この中ではまだましなほうだと言わざるをえない。だが、即死できなかったら？

ようやく正規にも、宮女――いや元重臣の令嬢にしても、皇帝に口答えする、しかも野蛮人呼ばわりすることの重さがわかってきた。

いくら論破できても、圧倒的権力の前では意味がないのだ。

けれど時すでに遅し。

「連れていけ」

「ご……拷問なんて、さらに野蛮です……！　陛下……‼」

正規は侍衛を振りほどこうとしたが、屈強な男たちの腕はびくともしなかった。

（畜生、この独裁者……‼）

いくら悪態をついてもどうにもなりはしない。このまま拷問されて、死刑にされるしかないのか。

（あ……もしかして死んだら元の世界に戻れるのか？）

と、一瞬思ったけれども、そんな保証はどこにもないのだ。

事故の瞬間の、頭を押し潰されたいやな感触を思い出す。戻れたとしても、同時にまた死ぬこともありうる。

恐ろしさに、気が遠くなった。

ふいに広間に陽気な笑い声が響いたのは、そのときだった。

「まあまあ、もうそれくらいでいいじゃありませんか」

聞こえてきた声に、胸がざわめく。正規の、というより婉婉の胸だ。正規ははっと顔を上げた。

（高星……‼）

顔色は悪く、侍女につき添われてはいたものの、彼は自分の足で立っていた。ゆっくりと広間の中央へ歩いてくる。こんなときでさえ、彼の登場は場に華やぎをあたえるようだった。

婉婉の近くまで来ると、彼は皇帝と皇后、皇太后に向けて膝を折り、挨拶した。

「礼はいい。高星……もう体はいいのか」

「はい。ご心配おかけいたしましたが、すぐに吐かせてもらいましたので」

「高星……！」

窈貴妃が高星に駆け寄る。

「母上。ごらんのとおりです。もうご心配には及びませんよ」

心配そうな窈貴妃を軽くあしらうと、高星はちらと正規を見た。

「聞かせていただいたところによると、私に毒を盛ったのは、この董婉婉だとか」

「ええ」

「ちが……っ」

「哀れなことだ」

高星は軽く首を振った。

「な……っ」

憎むべき相手に哀れまれ、思わず反駁しかけたところを、また侍衛に押さえつけられた。

「父上、母上。この女は私に棄てられたせいで頭がおかしくなっているのです。責任の一端は私にもある。いやいや、もてる男は辛いですね」

死にかけたとは思えない軽い口振りに、気が触れた呼ばわりされたことも忘れるほど、正規は呆然とした。

「高星……！　あなたふざけるのはやめなさい……！」

これぱかりは窈貴妃に同感だった。

けれどもその咎めを、まあまあとまた軽く宥《なだ》め、にこりと高星は笑った。

「父上、こうして私は無事なんですし、か弱い女性を拷問にかけるのはいかにも気の毒……私も寝覚めが悪いことこの上ありません。これに懲りて再犯はないでしょうし、ここは亡き董将軍の功績と私に免じて、軽い罰で済ませてやってはいただけませんか？」

頭を下げながら、軽く片目を閉じる。

茶目っ気を発揮するような状況ではない。

（ふざけるな……！）

と、思わず声に出してしまいそうだった。

（っていうか、なんでこいつがかばうんだよ⁉）

婉婉を振ったんじゃなかったのか。実は未練があったのか？　いや、罪悪感か。自分で言ったように、これで拷問死でもされたら後味が悪すぎるから、手切れ金がわりということか。

かばわれて感謝するべきなのか、屈辱に憤ればいいのか、よくわからなかった。

しかも正規は本当は無実だ。これでは罪を認めたことになってしまう。

だが空気が緩んだことはたしかだった。

「お優しいことだな、我が息子は」

「申し訳ありません」

（いや、顔が気に入らなくて婉婉を棄てた男だぞ……!?）

優しいわけはないと思うが、親の目にはそう映るらしい。

「董婉婉には杖《つえ》打《う》ち三十回のうえ、辛者庫《しんじゃこ》での苦役を命ずる」

「――……っ……」

処刑も拷問も免れたのだ。

正規の理路整然とした反論よりも、溺愛する皇子の軽薄な取りなしのほうがはるかに効果的だった。そして紫微城での絶対者は正義ではなく、皇帝だ。

そのことに理不尽さを感じずにはいられない。だが同時に、命が繋《つな》がったことに、腰が抜けるほどほっとした。

「感謝します」

と、高星は礼をし、正規を促す。

「婉婉。陛下にお礼を」

「え？」

そもそも正規は無実だ。証拠もないのに死刑にしようとしたほうが理不尽なのだ。許されたからといってお礼を言うのは違うと思う。

けれどもそれは前世の感覚であって、紫微城では通用しないのだ。そのことを正規はすでに痛いほど思い知っていた。

「平伏して」

「――」

悔しさと安堵《あんど》がない交ぜになった混乱の中、正規は屈辱の平伏をする。

「感謝します」

そして絨毯《じゅうたん》に頭を押し当てた。

六

　ともかく軽い罰で済んで助かった、と思ったのも束《つか》の間《ま》、お尻ペンペンのちょっとひどいやつ――くらいに考えていた杖打ち三十回は、実際にはとんでもないものだった。

　細いベンチのようなものにうつ伏せに乗せられて、太い板で思い切り尻を叩かれるのだ。

　痛いなどというものではなかった。尻が壊れるのではないかと思ったし、下を見たら床に血がしたたり落ちていて、その視界だけで失神しそうになった。

（さすが中華……）

　軽い罰でこれなら、拷問されていたらどれほど辛かったかとほっとする反面、そもそも全然「軽い罰」じゃないじゃないかとも思う。

　三十回終わる頃には本当に失神していたようで、目が覚めると、見たことのない小屋の粗末な寝台に寝かされていた。辛者庫の奴婢《ぬひ》の部屋だった。

　恐る恐る尻にふれてみると、痛みとともに手にべったりと血がつき、正規《まさき》はまた失神しそうになった。

けれどもそんな状態でも、いつまでも寝ていることが許されるわけではない。

翌日には、仕事を申し渡された。

新入りであり、皇子暗殺未遂の犯人だと思われている正規が命じられたのは、辛者庫でも最も辛い最下層の仕事——肥桶《こえおけ》洗いだった。

この世界には、水洗トイレなどもちろんない。貴人であっても、肥桶に排泄《はいせつ》するのだ。そしてそれを集めて近隣の農家などに肥料として売り渡す。

その桶を辛者庫で洗うのだった。

(まじかよ……)

命じられたときは呆然とした。

(やっぱり全然軽い罰なんかじゃないじゃないか……!)

前世のそこそこ綺麗なトイレだって、掃除したことなどなかったのに。

(皇帝も一度ぐらい尻を打たれて肥桶を洗ってみろ……!)

心の中で悪態をつく。誰かに聞かれたら今度こそ命がないので口には出せないが、本当に理不尽だと思う。何もしていないのに。

(いや……皇子に下剤盛ろうとはしたけど)

因果応報、人を呪わば穴二つ——いや、落ちたのは正規一人だから、穴は一つか。

そんなどうでもいいことを考えて気を逸らしながら、肥桶を束子《たわし》でごしごしと擦《こす》る。洗い終わったら井戸水を汲《く》んできて流し、決められた場所に置くと、次の肥桶を運んでくる。中身を大きな桶に移し、空になった桶をまた洗う。その繰り返しだ。

臭くて汚いのも辛いが、尻が痛くて座れないので中腰で作業せねばならないのもさらに辛かった。手首に向かって広がった長衣の袖口が汚れそうでひどく気になって、生まれて初めて襷《たすき》をかけてみた。見よう見真似で、今ひとつ上手くできてはいないが、ないよりはましだ。何しろ服の替えがないのだから。

(しかもこれ重いし……！)

各宮から運ばれてくる桶はさほど大きくはないが、中身が詰まっている。特に今、腰に力が入らない身には辛かった。

「何が軽い罰だよ……ッ」

脳裏に浮かぶ高星の軽薄な笑顔に、恨み言をぶつけずにはいられない。

と、そのときだった。

「うわ……ッ⁉」

躓《つまず》いたかと思うと、正規はまったく踏ん張りが利かないまま前のめりに倒れ込み、肥桶の中身をぶちまけてしまった。

「……痛てて……」

「何をやってるんだ！　さっさと片付けろ……！」

途端に罵声が飛んでくる。

正規はよろよろと起き上がった。膝は擦り剝き、尻の傷にも響いてひどい有様だが、肥をかぶらずに済んだのは不幸中の幸いだったかもしれない。

「……って言っても、これどうやって片付ければ……」

考えただけで眩暈《めまい》を覚えたが、幸い溶けてしまって固形物はほとんどないから、とりあえず流せばいいだろうか。と……。

「あれ、なんだろ？」

ぶちまけた肥の中に、まるく光るものがあった。

糞尿《ふんにょう》にふれるのにもだいぶ抵抗が薄れている。正規はそれを拾い上げた。

洗ってみると、繊細な金細工で装飾された、翡翠《ひすい》の腕輪だった。

「腕輪……？」

「なんでこんなものが肥桶の中に……？」

どこの宮の肥桶だろう。そぐわないにもほどがある。用を足す途中でうっかり落としてしまったのだろうか。

(だったらすぐ拾わないか？)

こんな大きなものを落として気づかないとも思えない。

肥桶に手を突っ込むのはいやだろうが……落としたのはおそらく妃嬪の誰かだろうし、

侍女に命じればいいだけだ。そこまでするほど値打ちのあるものではないから、とか？

（でも安物には見えないけど）

翡翠の価値もいろいろだろうし、素人目《しろうとめ》にはわからないとはいえ、なめらかな艶があって美しく、しっかりした重みがある。

（……ん？）

矯《た》めつ眇《すが》めつして腕輪を弄っていると、ふいに金の装飾の一部が回った。

「え……っ？」

螺子《ねじ》状に塡まったそれを取り除くと、翡翠の一部をくりぬいた、小さな空間が出現する。金の装飾で蓋をするかたちになっていたのだ。

中には何も入っていなかったが、わずかに白い粉がついていた。

「なんだこれ……」

もしかしてこれは、高星《こうせい》毒殺未遂事件に関係があるのではないだろうか。

（この粉が、あのとき使われた毒の残りなんじゃ……!?）

一度思いつくと、そうとしか思えなくなった。

（あのとき妃嬪たちもその侍女も身体検査されたし、広間も周囲の部屋も調べられたけど、何も出てこなかった。……でも、肥桶の中までは探さなかったとしたら）

ちょっと見たくらいではこの腕輪の細工はわからないが、肥桶に浸かってさえ中の粉が残っているくらい精密な作りの割には、蓋は簡単に開く。さっと使えるようにそうなっているのだろうが、もし万が一、侍衛に気づかれたらお終いだ。この粉が本当に毒だとしたら、それくらいの確たる証拠になる。

(身体検査までされることになって、犯人は慌てて肥桶に腕輪を放り込んで隠した……?)

想像に過ぎないが、ありえないことではない。

宴席の途中で毒を入れるのは難しいだろうが、広間に入ってくる前は新築の御望亭《ごぼうてい》の中や見晴台を皆でぞろぞろ見てまわっていたし、あのときならこっそり一人で行動することもできたのではないか。

それが証明されれば、正規の疑いも晴れる。

(でもどうやって)

前世なら指紋を採ったりという、科学捜査もできるのだろうが、この世界では難しい。

(第一、洗っちゃったしな……)

肥桶が御望亭のものだったのかどうかさえわからない。桶は正規が寝込んでいたあいだにすでに運び込まれ、辛者庫に放置されていたものだし、同じタイプのものを使っている宮はたくさんある。

(でも、この粉が本当に毒かどうかは、太医に聞けばわかるかも)

伝手《つて》もない辛者庫の宮女が、簡単に太医に繋ぎを取れるわけではないけれども。

(それにこの腕輪。この時代だと大量生産ってことはないし、細工にも特徴がある。もしかしたら一点ものかもしれないし、持ち主がわかるかも)

これもまた、妃嬪に伝手もない身で、調べる手段もないのだけれど。

正規はため息をついた。

(だけど絶対、この手がかりを無駄にはしないからな……!)

せっかくこんな僥倖《ぎょうこう》を得たのだ。なんとかして活《い》かさなければ。

正規はたすきを外し、腕輪を腕に嵌めて袖口に隠す。そして新しい肥桶を取りに行った。

「う……っ臭……っ」

やや慣れてきたとはいえ、鼻がもげそうになる。

冤罪《えんざい》を晴らす件はそれとして、肥桶洗いの仕事は辛すぎる。一応マスクがわりに鼻と口を布で覆っているとはいえ、とにかく臭いし、衛生的にも気になった。医術の発展していない世界で、病気になったら命取りだ。せめて石鹼《せっけん》でもあれば少しはましだが、この時代の石鹼はレアで、高貴な人しか使えない。

(あ……でも)

正規はふと思いつく。というか、思い出す。

(石鹼なら作れるんじゃないか?)

小学校のとき、理科の実験でやったことがある。成功したとは言いがたいが、それでも石鹸っぽいものは一応できた。不格好だろうが固まりが悪かろうが、汚れが落ちればいいのだ。

正規は材料を手に入れる方法を考えはじめた。

夜、仕事が終わってから、正規は辛者庫を抜け出し、長春宮《ちようしゆんきゆう》の御膳房へと忍び込んだ。

「可馨《かけい》、可馨」

「可馨」

「ちょっ……あんた何こんなところまで……！」

「しっ」

裏口から顔を出した可馨が騒ぐのを制止する。

「見つかったらまた杖打ちになるわよ」

「うん。だから静かに」

「何しに来たのよ？　春花《しゆんか》——じゃなくて、董婉婉《とうえんえん》だったのよね。どうりで不細工だと思ったわよ」

ひどい言われようだが、塩対応は以前と同じだ。通報したり忌避するようすは見られない。変わらない可馨の態度に、ある意味ほっとした。

「あんたが辛者庫に移ってから、掃除の当番私一人でやらされてんのよ？」

「ごめん」

ほかに新入りがいないのだからしかたがない。正規も移りたくて移ったわけではないのだが。

「ちょっと欲しいものがあって」

「あんたそんなこと言える身分じゃないでしょう。っていうか、臭くない？　ちょっと寄らないでよね」

はっきりと言われ、正規はショックを受けた。子供の頃、そう言って苛《いじ》められたトラウマが胸に蘇る。

けれどもそんな感傷に浸っている暇などなかった。実際見つかったら、杖打ちはともかくそれなりの仕置きがあるに違いない。

「臭くなくなるためのものなんだよ！」

「ええ？」

可馨は胡散臭《うさんくさ》いものを見る目を向けてくる。

「たいしたものじゃないから！」

「何よ?」

「牛脂」

「はあ? そんなものどうすんのよ?」

「石鹸を作るんだ」

「石鹸? 石鹸になるの、牛の脂が?」

「なる。灰と混ぜ合わせれば」

「へえ……。皮剝き器といい、あんたって本当に変なもの作り出すわよね。でも、だからって、なんで私が」

「石鹸ができたら分けてやるからさ。すっきり垢《あか》を落としたら肌もつやつやになって、玉の輿間違いないって」

「え……」

そこまでの品質のものが作れるかというと、正直自信はなかったが、可馨の心を動かすことには成功したようだ。牛脂を用意しておいてもらう約束ができた。

正規は翌日の夜中、誰もいない御膳房に忍び込んだ。

竈《かまど》の灰に熱湯を注いで寝かせておくところまでは昨夜やっておいた。それを漉《こ》したものを、牛脂に混ぜ合わせて煮込む。

そして鍋の中身が白く変わってきた頃合いを見計らって、火を消した。

(これを冷やせば、石鹼的なものができるはず……多分)

授業ではそうだった。

鍋を井戸水に浸して、そのあいだに御膳房の片付けをする。それも可馨との約束だった。

「あ……意外といい出来じゃん」

やわらかいが、一応固まった姿を見て正規は呟いた。少なくとも授業で作ったものより、見た目はかなりいい。

可馨の分を器に入れて隠し、残りを持って上機嫌で御膳房を出る。

その途端、正規は棒立ちになった。

「え……高星……っ！」

戸口のすぐ外に、高星が立っていたからだった。

「……っ……なんで……？」

「むしろそれは私の科白《せりふ》だと思うけれどね。母上のところに来た帰りに、ふと御膳房に明かりが灯《とも》っているのが見えて、気になって寄ってみたんだ。まさか君がいるとは思わなかったよ」

明かりなんて本当に最低限、小さなものしか点《つ》けていなかったのに、なんて無駄に目聡《めざと》いんだか……！

高星は後ろにいた従者に待っているよう目配せして、御膳房の中へ入ってきた。

「それにしても、子供の頃みたいにまた名前で呼んでくれるなんて、婚約を解消したことはもう許してくれたんだね」

ちゃらちゃらと話しかけられ、日々の苦労に紛れてしばらく忘れていた恨みが頭を擡げてくる。

正規は腕を胸の前で合わせ、膝を折って礼をした。

「第二皇子殿下にご挨拶いたします」

許すわけないだろ——という意思表示に、高星は苦笑した。

「礼はいいよ。君が命を助けてもらったことに感謝して、どうしても叩頭《こうとう》したいって言うんなら謹《つつし》んで受けるけれどね」

「誰が！」

思わず声を荒らげて睨みつけると、高星は切れ長の目をまるくした。

「婉婉……？」

婉婉の反応としては、だいぶおかしなものだったようだ。

（それはそうか）

婉婉はおとなしい、深窓の令嬢だったのだから。

（でも知ったことか）

どうせ中身が別人だなどと考えるはずもない。

「……命を助けていただいたのは事実なので感謝はいたしますが、そもそもの元凶は殿下です。叩頭まではいたしかねます」

正規はもともと無罪なのだし、高星の婚約不履行がなければこんな目には遭わなかったのだ。

高星はやれやれと言いたげにため息をついた。

「まあいい。それより、こんなところでいったい何を？」

「……別に何も」

「では、夜中に長春宮に忍び込んだ者がいる、と今すぐ侍衛に知らせても？」

「卑怯な……っ！」

悪いことをしているとは思わないが、見つかったらやはりただでは済まないだろう。脅すようなことを言う高星を正規は睨んだが、彼は笑顔で威圧してくるばかりだ。

「……石鹸を作っていたのです」

しかたなく、正規は答えた。

「石鹸だって？」

高星はまじまじと正規を見た。

「……っていうか作れるの？」

「作れるから作っているんです」

馬鹿ですか？　という目を向けてやる。

「灰と牛脂を混ぜて熱を加えると、石鹸っぽいものができます。汚れを落とすだけなら、それでも使えるので」

「へえ……」

高星は感心したように言った。

「でも、なんで石鹸なんか」

「辛者庫で、私は肥桶を洗っているんです。石鹸ぐらいないと、病気になってしまいます」

「肥桶だって？」

高星は絶句した。そこまでの扱いを受けているとは思わなかったのだろう。

「罪人ですから。無実ですけど」

「無実ねえ……」

高星は唇の端を上げた。

「信じてないみたいですけど、私は本当に殿下の料理に毒など入れてませんから」

「あの日の料理の残りは、太医が調べたあと辛者庫の奴婢たちに下げ渡されたけど、どうやら腹を下した者がいたようだよ。それも関係ない？」

「っ、あるわけないでしょう……！」

思わず食い気味に答えてしまう。高星は喉で笑う。

（くそ、こいつは笑い上戸なのか……⁉）

「わ……私が下剤を入れたとでも？」

「下剤が入っていたとまでは言ってないんだけど、やっぱり心当たりがあるのかな？」

「ありませんよ、そんなもの……！」

顔を背け、適当に礼をしてその場をあとにする。高星の声が追ってきた。

「君はたしか、ひと目でも私に会いたくて宮女になったと言っていたよね」

苦し紛れに口にした言葉も、彼は聞いていたようだ。屈辱に歯ぎしりしながら、正規は頷いた。

「……はい」

「そんなにも会いたいと思ってくれたなら嬉しいけど、君の態度から見て、そんなに愛されてる気はしないんだけどな」

それはそうだろう。愛していないのだから。

「私を愛していないなら、何をしに宮女になったんだ？」

追及をかわすには、愛していると言い張るべきだったのかもしれない。でも、正規にはとてもできなかった。

「……実家の窮状を救うためです。ご存知《ぞんじ》のとおり、父が亡くなりましたので。あの場では、家の恥をさらすに忍びなく黙っていたのです。ではこれで」

早口で答え、今度こそ立ち去ろうとする。その腕を、高星が摑んだ。正規は振りほどこうとする。

「あっ……‼」

その拍子に、腕輪が腕から抜けた。正規は慌てて拾い、袖口に隠す。けれども高星は見てしまったようだ。

「その腕輪は？」

「これは……別に」

「見られたくなさそうなところをみると、曰《いわ》くつきのようだね。君の趣味には合わないもののように見えたけど」

目聡い。さすが、元婚約者だっただけのことはある。婉婉の好みなんて、正規自身にもわからないのに。

「正直に答えないと、君が腕輪を盗んだって父上に告げ口するけど」

「な……っ」

なんという下種《げす》な男なのか。本当に婉婉はこんな男が好きだったのだろうか？　その女心が、正規には謎でしかたがなかった。

「私は盗んでません」

「ではなぜそれを持っているの。私はそれとよく似たものが、ある人の腕に塡まっているのを見たことがある気がするけれどね」

「――！」

自分のものだと言い張れば、とりあえずこの場を切り抜けることはできるかもしれない。

だが、それは得策だろうか。

高星の身分を考えれば、持ち主を知っていても不思議はない。ほかに当てはないのだ。

「それは誰です？」

「よく見なければはっきりしたことは言えないな」

彼は手を差し出す。

「……ちゃんと返してくれます？」

「勿論」

高星はにこりと笑った。

葛藤の末、正規は渋々腕輪を渡した。高星はそれをじっくりと眺めた。

「……琅玕《ろうかん》だろうね。細工も凝っているし、とても価値のあるものだと思う。妃嬪たちがよく身につけているものより、わずかに細いのも特徴だな。たしかに見たことがある」

「誰のものです⁉」

「教えて欲しければ、君がまず情報を開示してくれなくては。ね？」

また笑顔で強要してくる。正規はその美しい顔を蹴飛ばしてやりたい衝動を覚えたが、結局折れざるを得なかった。

「……この腕輪の持ち主は、殿下を暗殺しようとした人かもしれないんです」

「なんだって？」

高星はめずらしく動揺した顔を見せた。正規は少しだけ溜飲《りゅういん》を下げ、腕輪を拾った経緯を話した。

「なるほど……たしかに皇后様が私を邪魔に思ったということはありうる……」

「皇后様……⁉」

つい声をあげてしまい、高星に手のひらで口を覆われた。

「静かに。誰かに聞かれたら不味いことになる」

正規がこくこくと頷くと、ようやく彼は手を離してくれた。

「……これは皇后様の腕輪なのですか……？」

「だと思う。この細工に見覚えがある」

皇后から見れば、窈貴妃《ようきひ》の一人息子で皇位継承者に指名される可能性の高い高星は邪魔者だろう。

「だけど、自ら手を下すかな？　侍女とか、誰か信頼できる者を使いそうなものだけど」

「事が事だけにありえます。そこまで信頼できる相手がいないのかもしれないですし」

高星は少し考え込む。

「だが、これが皇后様のものだというだけでは証拠にならない」

「どうして！　粉を調べてもらって同じ毒だとわかれば……」

「誰かが盗んで使ったと言われたら？　それとも皇后を陥れるために、君が粉を入れたと疑われたら」

「そんなことしません！」

「あちらの身分を考えれば、よほど確たる証拠がなければ断罪することはできないだろうね。君の自作自演を疑われたら、今度こそ本当に処刑されるかもしれない」

「そんな……！」

せっかく手に入れた証拠なのに、使えないなんて。

「殿下は真相を知りたくないんですか⁉　犯人を捕まえたいとは？」

「難しいと言っているだけだ。諦めたほうがいい」

「いやですよ……！　いつまでも辛者庫にいるなんて」

「出してあげるよ。もうしばらくしてほとぼりが冷めたら」

「それでもいやです。俺は無実なんだから……！　無実なのに罰を受けるなんて間違っています‼」

完全に素に戻って、正規は声を荒らげた。

気がつくと高星は、目をまるくして正規を見つめていた。

「……再会してからずっと思っていたけれど、君は本当に董婉婉なのかな」

「董婉婉でなければ誰だと？」

正規は思い切り顔を近づけ、見せつけた。

「この顔をよくごらんになってください。あなたが嫌った董婉婉以外、誰の顔だと？」

高星は微かに目を眇める。

「……双子の姉妹とか」

「いませんよ、そんなもの。ただ、幼なじみなのに殿下がまるで婉——私のことを理解されていなかっただけです。その瞳は美しくても、ただの節穴のようですね」

「……たしかに、私の目は節穴だったかもしれないね。君のことを、おとなしく優しく控えめで、人の目もあまり見られないような女性だと思っていたよ」

その会話で、正規は初めて思い至る。

おとなしいからといって、言いたいことのない人間がいるだろうか。婉婉にはきっと、押し殺した言葉がいっぱいあったのだ。婚約者がありながら、ふらふらと遊び歩く高星に。けれども美しくない自分を顧みて、何も言えなかったのか。

(だから真逆の……嫌われ者になるほど言いたい放題だった俺を召喚したのか)

これはこれでトラブルを起こしがちだし、ろくなもんじゃないと思うけど。

「……殿下」

だが、高星にも婉婉を棄てた罪悪感は残っているらしい。

(だったら、俺がそれを利用する……!)

「私に許して欲しいのなら、一つお願いがあります」

と、正規は言った。


「皇后様のことを教えてください」

正規が頼んだのはそれだった。皇后の身辺を探るには、やはり近づくことだ。そのとっかかりを得るためには、情報を仕入れなければ。

「私はほとんど何も知らないよ。嫡母ではあるけれど、あまり交流はないし」

父親の正室のことを嫡母と呼ぶ。皇帝のすべての子供たちは、正式には皇帝と皇后の子供と見做《みな》されるのだ。

「どっちかっていうと嫌われてそうですよね。窈貴妃様とは敵陣営だし」

「別に敵ってわけでもないと思うよ」

「でも、だからこそ知っていることもあるんじゃないんですか?」

「さあ、母上ならそうかもしれないが」

帰って聞いてみてあげよう——というのはありがたいが、この軽薄な男が本当にまた戻ってきて教えてくれるとは限らない。適当なことを言って逃げるかもしれない。

「お気持ちは嬉しいんですけど、わかることだけでも今聞かせていただければ幸いです。要するに、弱みになることがわかればいいのです」

何度目になるかわからない、婉婉、君は誰なんだ——というドン引きした顔。これを見るのがだんだん快感になってきた。勝手に疑うがいい。襤褸など出るはずがない。

高星はため息をついた。

「弱みなんて、ますます知るわけがないんだけど」

「皇后陛下の最も欲しがっているものは？」

「父上の寵愛だろうね」

「寵愛……でも皇帝陛下は窈貴妃様をご寵愛なんですよね？」

それはそうだろうな、という平凡な答えだ。

「まあ、ほかにも寵妃はたくさんいるけどね」

「でも皇后様は寵愛されていない。むしろ疎まれている？」

「そこまでは。父上はきちんと皇后様の立場は尊重しているし」

「皇后の立場っていうのは、揺るぎないものなんですよね？」

「勿論。嫡子がいなくて別の皇子が皇帝に即位したとしても、皇后は嫡母として母后皇太后になる。盤石だね」

「だったらもう寵愛なんて求めてない可能性もあるのに、最も欲しがっていると考える根拠は？」

「それは……常識的にそうだろうと……」

「それだけ？」

常識的に普通の答えだったにもかかわらず引っかかったのは、高星がなんとなく言葉に詰まった感じがしたからだ。

それだけじゃないでしょう？　という目で見上げれば、また何度目かの「婉婉？」という目で見返してくる。たじたじとなっている──というのは、こういう状態を言うのかもしれない。

「……毎日、青蓮殿《せいれんでん》の父の許に差し入れを届けていると聞いたことがあって」

青蓮殿とは、内廷における皇帝の執務室のようなものだ。

「毎日？」

「耳にした話ではね」

「なるほど……」

皇后が皇帝に差し入れする──それ自体は普通のことだ。たまに窈貴妃も届けていたのを正規も知っていた。

なのに言い辛そうに言うということは、誰かから陰口として聞いたのだろう。つまり、皇帝は歓迎していない……？

これは使えそうだった。

「そんなことを聞いてどうするの？　父上の寵愛を取り戻させるとでも？」

「まさか。私にできるわけないでしょう」

人の気持ちなんて簡単に変えられるわけがない。そんなことができるなら、前世でどれだけ生きるのが楽だっただろう。

けれどほんの少し、それらしく見せることならできるかもしれない。

正規が考えたのは、そういうことだった。

七

（来た……！）

正規《まさき》は建物の陰に隠れて皇后が姿を現すのを待っていた。

皇后の住まいである鳳仙宮《ほうせんきゅう》から青蓮殿《せいれんでん》まで、窈貴妃《ようきひ》のいる長春宮《ちょうしゅんきゅう》を避けて来れば必ずここを通る。隙さえあれば辛者庫の仕事を抜け出して、差し入れを持った皇后一行が通りかかるのを張り込んでいたのだ。

そしてついに遭遇した。

正規は叫びながら皇后一行の前に飛び出した。

「おやめください、高星様《こうせい》……っ！」

実際には高星はいないが、ここぞとばかりに悪者に仕立ててやる。もともと素行の悪い高星にとって、どれほどの失点にもならないだろうが。

皇后の侍女が持っていた重箱にわざとぶつかると、中でがちゃんと何かが倒れる音がした。

正規は地面に倒れ、したたかに膝と腕を痛めたが、どうにか身を起こし、皇后の前にひれ伏した。

「申し訳ございません……‼　お許しください……！」

「皇后様の前に飛び出してくるとはなんという無礼な……！」

侍女が正規を叱りつける。

「申し訳ありません。無我夢中で、気がついておりませんでした……！」

「夢中……？」

皇后が首を傾げる。

「そういえばさっき、高星様……と言っていましたね」

正規ははっとしたように装い、わずかに顔を上げた。その顔を見て、皇后はすぐに気づいたようだった。

「……おまえ、もしかして董家《とう》の……？」

さらにひれ伏す。

「董婉婉《えんえん》でございます」

「第二皇子がそこにいるの？」

「……もう、いないと思います」

皇后は侍女に目配せする。侍女は頷いた。

「最初からきちんと皇后陛下にご説明せよ」

「お答えいたします。仕事中に近くを通りかかった高星殿下に……その、絡まれて……逃げるのに必死で、図らずも皇后様の侍女のかたにぶつかってしまいました。どうかお許しください。……あ」

侍女が持ったままの重箱から滴が零れていた。

正規は計画どおりだと密かに唇の端を上げながら、小さく声を漏らした。侍女がその視線を追い、はっとして正規を叱った。

「この汁物は、皇帝陛下に差し入れするためのものだったのですよ。台無しにして、許されることではありません。自分の頬を二十回ずつ打ちなさい」

何か罰を下されるだろうとは思っていた。

自分で自分の頬を打つ——というのは、前世の感覚では違和感が半端ないが、この世界ではよくある罰の一つだ。ましなほうではあるが、杖打ちが「お尻ペンペン」ではなかったように、頬打ちもそう軽いものではない。自分で打つとはいえ、腫《は》れ上がってしばらく人前に出られなくなるくらい本気でやるのだ。

(腫れ上がるほど自分の頬を打つなんて、どんだけだよ……)

そう思いながらも、正規は跪《ひざまず》いたまま自分の頬を叩いた。

「もっと強く!」

侍女の声が降ってくる。正規は腕を振り上げる。

「もうよい」

それを皇后が止めた。

「どうせ無駄になるはずのものだったのです」

「皇后様……！」

「それくらいのことは私にだってわかっています。おまえはもう下がりなさい」

差し入れを喜ばれていないという自覚は一応あったのか、と正規は驚く。

「あの……！」

「下がれとおっしゃられたのがわからないのか」

正規は侍女の言葉を遮った。

「お許しいただき感謝いたします。けれど償いをしなければ、私の気が済みません」

「なんと無礼な……！」

「皇帝陛下がどうしても口に運びたくなるような差し入れを私が教えて差し上げられれば、償いになるのではないでしょうか……⁉」

正規の訴えに、今にも立ち去ろうとしていた皇后が足を止めた。

「どうしても、口に運びたくなる……？」

「皇后様……！」

侍女は止めるが、皇后の関心を引ければ成功だった。

「はい。私はもともと選秀女にて御膳房に採用されていたのです。どんな男でも虜《とりこ》にできる、魅惑の料理を存じております……！」


正規は辛者庫の勤めが終わった夜中、鳳仙宮の御膳房を借りて、寝る間も惜しんで料理に取り組んだ。

——よりよいものにするために、数日いただきとうございます
と申し入れたが、ブラッシュアップというよりは、形にするだけでもけっこう骨が折れた。難しいものを作っているわけではないが、正規にとって当たり前の材料が、この世界には存在しなかったりするからだ。

（でも、そもそも喜ばれてないのに毎日差し入れを持っていくって行為自体が、本当は空気読めてないと思うけど）

皇帝好みの料理が完成して、たとえ完食してもらえたとしても、寵愛を取り戻すことには繋がらないのではないか。

だが、正規が口を挟めることでもない。

やがてどうにか「美味しい」と言えるものが完成すると、皇后はそれを持って青蓮殿へ向かった。

正規は皇后の命令で、付き添いの侍女の一人として、密かに同行することになった。

（なんで俺……⁉）

と、思わずにはいられない。顔を見られたら大変なことになるのに。

――あの、俺は……っ
――功労者ですものね。見届けたいでしょう？　さ、行きましょう
さっさと出発されてしまったら、ついていかないわけにはいかなかった。

もう一人の侍女の陰に隠れて、一番後ろから深く顔を伏せてついていく。

青蓮殿に着くと、侍衛が垂れ幕を開けて通してくれた。

奥にあった皇帝の書斎は広く、至るところに金や黄色が使ってあってきらきらしい。大きな机が部屋の中央に向けて置かれており、その向こうに皇帝が座っていた。

そして向かいあうように立っていた人物が、皇后を見て礼をした。

「義母上《ははうえ》」

その姿を見た瞬間、正規は声をあげそうになってしまった。慌ててぐっと堪える。

（高星……！）

なぜここに――否、皇子なのだからいてもおかしくはないのか。たまたまかちあってし

まっただけで。それとも、まさか邪魔をするつもりで？

目が合うと、

──馬鹿、伏せろ

と視線で諌《いさ》めてくる。

（言われなくてもわかってるっての……！）

もう一人の侍女に倣って、正規も礼を返す。

「あなたも来ていたの」

皇后が高星に声をかけた。

「ええ。休憩がてら父上を碁に誘いに」

「知っていたら、あなたの分も作ってきたのに」

「ありがとうございます。次の機会にはぜひ」

すぐに帰るのかと思ったら、高星は居座るつもりらしい。

皇帝は、皇后の差し入れをろくに見もせずに言った。

「置いていけ。今は高星と話している」

「ではこちらに」

皇后は重箱から二つの器を取り出し、机の端に乗せた。一つは白飯を皿に盛ったもの。

もう一つは蓋付きのもの。

その蓋を開けた途端、香ばしい匂いが周囲に広がった。香辛料の匂いだ。

皇帝が振り向いた。

（ほら、時代がいくら変わったって、カレーが嫌いな男なんていない）

前世日本の不動の国民食。正規が作ったのは、カレーライスだった。その強烈な魅力は、すべての人間を虜にするはずだ。しかもこの世界の中国には存在しない、めずらしい料理なのだ。

（労作だぞ。さあ食せ）

カレーを作ろうと思った時点では、カレー粉が存在しないということが頭になかった。調理実習でもキャンプでも作ったことがあったから、楽勝だと思っていた。それが粉から自作するとなると……数種類の香辛料を合わせればカレー粉になるという知識はあったものの、最適な配合を見いだすまで何度試作を繰り返したか。

（鬱金《ウコン》とかクミンとかは、普通にあって助かったけどな）

しかも昼間は辛者庫で肥桶洗い、夜は御膳房でカレー作りだ。自分で決めた品目とはいえ、なんの地獄かと思った。

「この匂いは……？」

「香辛料の匂いですわ」

皇帝は高い鼻をひくひくさせる。その反応は、皇后に試食させたときと同じで、ちょっと可笑《おか》しい。

「これをかけて召し上がっていただきたいのです」

皇后手ずからカレーを掬《すく》ってかけ、蓮華《れんげ》を添えて差し出した。

皇帝が蓮華に手を伸ばす。そしてひと匙《さじ》掬って口に入れた。

それだけで、皇后の顔がぱっと輝いた。その表情は本当に嬉しそうで、ずっと年上の人妻だけれど、ちょっと可愛いなどと思ってしまうほどだった。

(このくらいのことでこんなに喜ぶなんて)

普段の扱いが知れるというものだった。それでも皇帝を一途《いちず》に慕っているらしい健気《けなげ》さに、なんだか同情を覚えてしまう。

皇帝はまた一口、また一口とカレーを頬張る。その早さは少しずつ早くなってさえいるようだった。

(ともかく口に合ってよかった)

長春宮の御膳房で何度も皇帝のための料理を作るところを見てきて、好みがわかっていたことも大きかったかもしれない。

完食まで、あっというまだった。

皇后は満面の笑みを浮かべて、夫を見つめていた。

「皇后」

「はい」

「これはなんなのだ？」

「かれえという天竺《てんじく》の料理を元に考案した料理ですわ」

「天竺料理……皇后がか？」

「いいえ、別の者です」

（なんで正直に言っちゃうかな……⁉）

正規はちょっと呆れた。そこは自分の手柄にしてくれてよかったのに。作りかたを聞かれたりしたら困ったかもしれないけれど。

「その者に褒美を与えよう」

皇帝は相当カレーがお気に召したようだった。苦労した甲斐があったというものだ。

「誰だか名を申してみよ」

「はい。かれえを考案して作ったのは、董将軍の娘、董婉婉です」

（えええ――⁉）

その正直な答えを聞いた瞬間、正規は思わず後ろに仰け反《のぞ》りそうになってしまった。

（まずい……‼）

董婉婉は皇帝の最愛の皇子高星を暗殺しようとした疑いで――否、皇帝の中では犯人として、辛者庫にいるはずなのだ。

その婉婉がなぜ皇后と接触しているのか。

(なんで言っちゃうかな……!)

もしかしてこの人は、皇后でありながらド天然なのではないか。出会ったときからそんなところがある気はしていたけれども。

にこにこしている皇后とは逆に、皇帝の顔が険しくなった。

「董婉婉と通じていたのか」

(ああ……やっぱりそう来るよな)

口止めしておけばよかった。まさか皇后が素直に喋るとは思わなかったのだ、などと今言っても後の祭りだった。

「違います。たまたま——」

「おまえも共犯だったのか?」

(ほら来た)

「董婉婉と謀《はか》って、高星を殺《あや》めようとしたのか」

「違います……!」

(失敗だ)

手柄を立てて皇后の侍女になり、彼女を探るつもりだったのだ。けれども真相を掴む前に皇帝に知れれば、当然皇后ともども疑われてしまう。

——それで、義母上の侍女にでもなるつもり？

あのとき皇后のことを聞いた正規に、高星は言ったものだった。

——皇子を暗殺しようとした犯人なんだよ、君は。もしなれたとしても、父上にばれたらどうなると思う？

——だからそれは無実——

——それが通るかどうか、まあやってみるといい
無実の自分が犯人扱いされる謂《いわ》れは本当はないのだと、高星の言葉に反発したけれども、現実に彼の指摘どおりになりつつある。

ざまあみろ、と思っていることだろう。協力してやったのに、言うことを聞かないからだと。

「高星を殺そうとした女が、朕《ちん》のことも殺めないとどうして言える？　そんな女に朕の料理を任せたのか、おまえは」

「そんな、取り越し苦労ですわ。婉婉はいい子です。熱心に私と陛下のことを考えてくれて、料理を作ってくれたのです。陛下まで手にかけようなんて、するはずありません」

評価してくれるのはありがたいが、そんな言い訳が通るとは思えない。

（どうしたら）

しかもここにいることまでばれたら、即拘束、慎刑司送りなのではないか。

（人豚、凌遅刑、鼻削《そ》ぎ、車裂き……）

数々の中華製拷問が再び脳裏を過り、気が遠くなる。それを引き戻したのは、高星の声だった。

「まあまあ、父上も義母上も、そのくらいで」

正規ははっとして顔を上げた。

「いいではありませんか。私はもう気にしていないし、父上もかれえとやらがお気に召したのでしょう。おかわりまでして平らげても平気なんですから、毒など入っていなかったことは明白なんですし」

（高星……）

思いもしない助け船だった。

「そもそも婉婉が私を手にかけようとしたのは、私に棄てられた恨みからです。ほかの誰かをどうこうすることはありえませんよ。それに、……まあ、私も反省しているのです。董将軍の訃報とちょうど入れ違いになって、亡くなったとは知らず、まるで家が落ちぶれたから彼女を棄てたみたいになってしまいましたし」

（え……そうだったのか？）

高星が婉婉を棄てたことと、董家が落ちぶれたことは関係なかった？

（でも本当に？　いや、本当だったとしても、醜女を理由に棄てた罪が消えるわけじゃな

いけど)

「結果的に、二重に辛い思いが重なることになってしまった。これでは彼女が少しおかしくなってしまっても、しかたがなかったんじゃないかと思うんです。破談にするにしても、私がもっと時期を選んでいたら」

高星は続けた。

「董将軍の娘として何不自由なく育った身で、辛者庫で肥桶洗いをするところまで落とされたのです。もう十分ひどい目に遭ったのだし、義母上の侍女になることを許してやっては?」

「しかし……」

「被害者の私が許しているのですから。褒美をやりたいとおっしゃっていたではないですか。婉婉は、ほかの誰も作れない料理を考案したのですよ。ね? 父上」

皇帝は考え込んだ。ほかの誰にも作れない料理——すなわち、ここで婉婉を辛者庫へ戻せば、二度とカレーは食べられない——と、考えていたのかどうか。

「たしかに同情の余地はあるな」

「そうですわ。可哀想《かわいそう》ですわ」

皇后も口添えしてくれる。この場合、逆効果かもしれなかったが。

「まあいい。高星がそう言うのなら、董将軍の功績に免じて、董婉婉を皇后の侍女にすることを許可する」

「感謝いたします」

高星と皇后が礼をする。

慌てて正規も倣おうとした。けれども極度の緊張とここ数日の疲労のためか、膝を屈《かが》めた瞬間、眩暈を覚える。

正規はその場に昏倒《こんとう》し、意識を失った。

八

正規《まさき》は鳳仙宮《ほうせんきゅう》で、皇后の侍女として働くことになった。

貴人に直接仕えるのは初めてのことで戸惑ってばかりだが、辛者庫は勿論、御膳房よりもずいぶん体力的に楽ではあった。

(皇后様も優しいし)

――あなた本当に運がいいわ
と、皇后付き先輩侍女には言われた。

――第二皇子にしようとしたことを考えれば、処刑されていても不思議はなかったのよ。しかも、陛下の前で倒れるなんて失態まで許していただくなんて
そう、あの日、正規は青蓮殿《せいれんでん》で卒倒したのだ。辛者庫の勤めと並行しての深夜のカレー研究が続いていた上に、極度の緊張を強いられ、それが緩んだ瞬間もたなくなったのだと思う。

目が覚めたときにはすでに鳳仙宮の侍女用の部屋にいた。

久々の個室が嬉しくて、正規は素直に厚遇を皇后に感謝した。それほど皇后は皇帝がカレーを気に入ったことが嬉しかったのだろう。

正規はもともと皇后を疑い、彼女を探るために近づいたのだが、次第にこのふわふわした女性が犯人だとは思えなくなっていた。彼女の報われない健気さに同情と共感を覚えているのかもしれない。

（いや、でも皇帝を熱愛しているにもかかわらず、ほかの女に寵愛を奪われてるわけだから、動機は十分だよな）

そのうえ実子でないとはいえ息子まで——自分が養子にして育てた第一皇子より、窈貴《ようき》妃《ひ》の第二皇子のほうがはるかに愛され、玉座に近いのだ。いくら天然でも何も感じないわけにはいかないだろう。もし第一皇子を玉座に就かせたいと思っているなら、高星《こうせい》の存在は脅威なはずだ。

（疑いを棄てるわけにはいかない）

本当は皇后に腕輪を見せて問い詰められれば早いのだが、簡単に白状するわけはないし、もし彼女が本当に真犯人だった場合、正規のほうが消されないとも限らない。

皇后の見た目がどんなであろうと、犯人の可能性は十分にあるのだ。

「さあ、義母上」

第一皇子高緯《こうい》は、すでに妻帯して親王の爵位をもらい、紫微城《しびじょう》外の親王府で暮らしているにもかかわらず、しょっちゅう鳳仙宮を訪れていた。

皇后とは、なさぬ仲とは思えないほど仲がいい。ときにちょっと行きすぎな感じさえするほどだった。皇帝からは寵愛されていない皇后だが、第一皇子からは熱愛されているようだ。

今日も皇后が滋養のために飲んでいる薬湯を、高緯が匙で口許へ運んでいる。

「このお薬、嫌いなのよ。美味しくないんだもの」

家族や侍女などが介添えするのはこの世界では普通のことらしいが、来るたびに毎回というのはなんだか甲斐甲斐しすぎるようにも映る。

(マザコン)

前世なら不人気の筆頭だが、この世界ではそうでもないのだろうか。

高緯は鳳仙宮の侍女たちにそれなりに人気があった。誰にでも優しいのは、皇后以外は全部同じに見えているからではないかという気もするのだが。

実際、高緯は醜女の婉婉《えんえん》にもあたりは柔らかだった。

弟を暗殺しようとしたとされる女であるにもかかわらず——否、どちらかというと高星とは皇太子の座を争っているライバルだから、婉婉はむしろ味方ということになるのだろうか。

「毎日飲んでいるのに、まだ慣れないんですか？」

「嫌いなものは嫌いなの」

「しかたないな。……婉婉」

「はい」

正規は一歩進み出て、軽く膝を折る。

「何かでちょっと甘味をつけてさしあげてくれないか」

（……って俺に言われても）

カレーの件以来、鳳仙宮では「料理のことは董《とう》婉婉に聞け」ということになってしまっているのだ。

（本当は全然料理なんてできないのに）

——選秀女でも、料理の問題でみごとな答えをしたとか。繁《はん》女官から聞いたよ
あのときの試験官だった女官は、高緯とも交流があるらしい。

（どっかで違うって言わないと、絶対襤褸が出るぞ……）

と思うのだが、どうやって方向転換したらいいかわからなかった。

「……甘味を加えると、処方の成分が変わってしまうかもしれません。沈《しん》太医に問題のな

い方法を聞いて参りますので、味付けは明日からということではいかがでしょうか」

「だそうです。義母上、今日のところは我慢して」

「しかたないわね」

「では行って参ります」

適当に言いつくろって、正規は太医院へ行った。薬湯に混ぜてもかまわない甘味を処方してもらう。

(甘草《かんぞう》を入れても問題ないってことだから——)

鳳仙宮の中にも、簡単な薬を置いてある部屋はある。太医を呼ぶまでもないようなちょっとした頭痛や腹痛、解熱などに対処できる基本的な薬や、毎日煎《せん》じて飲むように処方された薬草などをしまってある場所だが、鍵の管理は侍女頭の青女《せいじょ》が任されていて、正規が勝手に入ることはできない。

だが甘草を口実にすれば、中を調べることができる。

腕輪の細工に残っていたのと同じ毒が見つかれば、証拠になるかもしれない。

「——何をにやついている?」

よからぬことを考えていたとき、ふいに降ってきた声に、正規は飛び上がりそうになった。振り向けば、察したとおり皇帝がいた。

「陛下。ご機嫌麗しゅう」

膝を折って挨拶する。

「……お答えします。特に笑みを浮かべていたわけではありません。生まれつきこの顔なのでございます」

「ほう？　では朕が見間違えたと申すのだな？」

唇の端を上げて問い返され、正規はぞっとした。こんな些細《ささい》なことでさえ、気まぐれに罰を与えられかねないのだ。ただでさえ皇帝によく思われていない身の上では、細心の注意を払わなければ命がいくつあっても足りない。

「……笑っているつもりはございませんでしたが、考え事をしておりましたので、それが顔に出たのかもしれません」

「考え事とは？」

「あの……そろそろ陛下がいらっしゃる頃かと思い、今度のカレーの具は何にしようかと考えていたのでございます」

以前は絶えてなかったという皇帝の訪れが、このところは頻繁にある。しかも普通ならあるべき先触れもなく、突然昼前にやってくるのだ。

そして来るたびにカレーをリクエストされるのだった。

皇后は寵愛を取り戻したと思っているようだが、どう見ても目当てはカレーだ。突然食べたくなって、我慢できずにやってくる。

（子供か）

カレーが大好物な仲間として、気持ちはわからないではないけれども。

（……それにもしかしたら、俺を監視しているのかも）

皇帝の中では、疑いは晴れてはいないのだろうから。

「今日はなんだ？」

「鶏肉と夏野菜にしようかと思っておりました」

皇帝は頷いて、中へ入っていく。

彼が去った途端、緊張が解けた。近くにいるだけで重圧を感じる。嫌われているからというだけでなく、存在そのものにやはり威圧感があるのだ。

（でも、今行くとアレを目撃してしまうことになるんじゃ……？）

皇后と高緯の仲の良さを。

それはまずいんじゃないかと思い、

（まあ、自分の妻子のことなんだし、見慣れてるか？）

と思い直す。

しかしこれで薬の探索より先に、カレーを作らなければならなくなってしまった。

正規はため息をつきながら、御膳房へと向かった。

（やっとこれで薬を探せる……）

昼食を終え、皇帝が帰ると、正規は青女から鍵を預かり、薬品の置いてある部屋へ行った。

最初に皇后のための甘草を探し、そのあとで毒薬を探す。

（とは言っても、見ただけで俺にわかるかどうか……）

抽斗には薬の名前が書いてあるとはいえ、毒に「毒」とラベルが貼ってあるわけではないだろうし……それに、ここにあるのかどうかも実際には怪しい。青女が関わっておらず、皇后の単独犯だったとしたら、毒薬も手許《てもと》に置いているかもしれない。すでに使い切ったという可能性もあるし……。

「そこで何をしている？」

考えながら物色していると、ふいに後ろから声をかけられた。後ろ暗いことをしていただけに、正規はまたしても飛び上がりそうになった。

（皇帝に似たこの声は……）

恐る恐る振り向けば、予想どおり高緯がいた。

「高緯殿下……お帰りになられたのではなかったのですか？」

「忘れ物をしたので戻ってきたんだ」

忘れ物……というより、皇后に会いたくてそれを口実にしただけではないのか。皇后を慕うあまり、そういうちょっと気持ち悪い策を弄するようなところが、高緯にはあった。共感できないこともないが。

「そうしたら義母上の傍におまえがいなかったから、ちょっと気になって青女に聞いたらここだと」

「あの……でしたらご存知のはず。薬湯に甘草を入れてもよいという許可をいただいたので、探しておりました」

「甘草はすでにここにあるようだが」

高緯は、最初に取り分けておいたのを見つけて鋭く指摘してくる。

「……この部屋へ入ったのは初めてだったのでめずらしく……何か料理に使えるような薬草はないかと、つい眺めておりました」

医食同源――この時代ならなおさら、食材としても使えるものは多い。これでごまかせるかと思ったのだが。

「そういうふうには見えなかったがな」

もしかして高緯はずっと観察していたのだろうか。それを察して、正規は咄嗟に言い訳できなかった。

「ずいぶん熱心だったが、また誰か暗殺でもするつもりなのか?」

「違います……!」

「高星ならかまわないが、義母上に手を出される可能性がわずかでもあるとなると……おまえを鳳仙宮に置いておくわけにはいかない。父上にご報告しないと」

高星ならいいのかよ、と突っ込んでいる場合ではなかった。

「待ってください……!」

皇帝に告げ口されたら終わりだ。今度こそ拷問、処刑もありうる。カレーを作ってどうにかなるレベルの話じゃない。

「正直に話す気になったか」

「……はい」

追い詰められて、正規は頷いた。

「そもそも私は本当は高星殿下を暗殺しようなどとはしておりません。ただあの場では、あのまま無実を主張し続ければ拷問の末殺されるかもしれないと思い、しかたなく認めたようなかたちになっただけです」

高緯は眉を寄せた。

「では、あのときおまえが高星の膳に薬を入れるのを見たという証言は? 静貴人《せいきじん》が嘘をついたとでも?」

「……あれは……」

正規は躊躇《ちゆうちよ》したが、結局口を開くしかなかった。

「薬を入れたのは本当です」

「やっぱり」

「でも毒じゃありません！」

「じゃあ何を入れたっていうんだ？」

「……下剤です」

「はあ？」

「……高星殿下に棄てられ、復讐しようと思ったのは本当なんです。でも恥をかかせてやりたかっただけで、人殺しは犯ざ……いえ、下剤でも犯罪ですけど、とにかく人殺しなんて、恐ろしくてとてもできません。嘘だと思ったら探してみてください。あの日、残った料理は辛者庫の奴婢に下げ渡されたはず。その中で、腹を下した者がいないかどうか」

そうすれば見つかるはずだ。高星が嘘を言っていないなら、だが。

「それなら、ここで何をしていたんだ」

「……調べていたんです。ここに、高星殿下を暗殺しかけた毒薬があるのではないかと思って」

「何を馬鹿なことを」

高緯は大きな声をあげた。

「おまえは義母上を疑っているのか⁉　おまえを辛者庫から救い出してやったのは、義母上なのだぞ！　この恩知らずが……！」

「お許しください……！」

正規は平伏した。前世では一度もしたことのない屈辱的なポーズだが、紫微城に来て日にちが経《た》つうちに、すっかり板についていた。何しろいちいち命がかかっているのだ。

けれども高緯の怒りは解けそうもない。

「なぜ義母上を疑った⁉　納得できる理由を言えないのなら、このまま父上に突き出す」

「――……」

(どうしよう。……やっぱりあれを見せるしか)

唯一の証拠品になるかもしれない腕輪――もし本当に皇后が犯人なら、見せた瞬間取りあげられてしまうだろう。正規の潔白を証明することもできなくなる。それどころかこっそり消されるかもしれない。

だが見せなければ皇帝に突き出され、辛者庫に逆戻り。悪くすれば拷問、処刑。

どっちにしろ詰んでいる。

正規は、もっとしっかり周囲に注意を払って証拠探しをしなかった自分に腹が立ってならなかった。

「……これを」

観念するしかなかった。

しかたなく、正規は腕輪を差し出した。

「これは……？」

高緯は首を傾げる。

「もしかして盗んだのか」

「違います……！」

正規は辛者庫でそれを拾った経緯と、高星暗殺未遂事件の犯行に使われた疑いがあることを説明した。

「高星殿下に……、たまたま会ったときに聞いてみたところ、皇后様の腕に塡まっているのを見たことがあると……」

「……！」

心当たりがあったのだろう。高緯の表情が変わった。

「……翡翠の腕輪なんて、后妃なら誰でも持っている」

「でもこの細工はめずらしいものだと思います。高星殿下がそうおっしゃってました」

「あいつが適当なことを言っているだけだ」

「では、高緯殿下には見覚えはないのですね？」

ない──とは、彼は答えなかった。

「……おまえが義母上の腕輪を盗み、毒を仕込んで罪をなすりつけようとしているのかもしれない」

「違います……！　私がどうやって毒薬など手に入れられるんですか。下剤がせいぜいだったんですよ……！」

高緯は正規の腕を摑んで立ち上がらせた。かと思うと、そのまま引きずって薬部屋から連れ出す。

「痛、痛いです、放してください……っ」

「騒げば今すぐ父上に報告する」

皇帝の名で脅されれば、正規は抗《あらが》えない。

殺風景な別の部屋へ連れ込まれ、床に転がされた。後ろ手に縛り上げられる。紐《ひも》の端は柱に繋がれた。

「昔、鳳仙宮で暮らしていた頃の私の部屋だ」

「殿下……っむぐ」

猿ぐつわまで嚙まされてしまう。

「しばらくここにいてもらう。証拠が出るまで、義母上に仕えさせるわけにはいかないからな」

外から鍵を掛け、高緯は出て行った。

一人になって、正規は深く息をつく。

(ちゃんと下痢をしたやつが見つかって、疑いが晴れるといいんだけど)

それにしても高緯の態度は、演技とは思えなかった。ここまでするということは、高緯は犯人でも共犯でもないということか。

(けっこう疑ってたんだけど)

ということは、皇后の単独犯という可能性が高くなる。

だとしても、それを知る正規は皇后にとって邪魔者であり、皇后を慕う高緯にとっても邪魔者であることに変わりはないのだが。

拷問死も怖かったけれど、今度は取り調べさえなく消されるかもしれない。井戸にでも放り込まれて、自殺で片付けられる――この世界において、侍女の命は羽のように軽いのだ。

正規は寒気を覚えた。

皇后に近づいたときから、その可能性も考えてはいたけれども。

(どうしよう。逃げる……?)

だが、通行証なしには紫微城から出られない。匿《かくま》ってくれる人もなく、城内で逃げ隠れし続けるのも難しい。

それに縛られたまま閉じ込められて、現実的に不可能だった。

時間ばかりが過ぎていく。

(誰か不審に思って捜しに来てくれたりは……しないか)

鳳仙宮には来たばかりでまだあまり親しい同僚もいないし、いたとしても高緯に逆らってまで逃がしてくれるはずもなかった。

(腹減った……)

うたた寝して、空腹のあまり目を覚ませば、窓の外はいつのまにか暗くなっていた。

(何か食べたい……カレーでもいい)

味見をしすぎてもううんざりだと思っていたけれど、今は恋しかった。

高緯が再び部屋を訪れたのは、正規が空腹でまた気絶するように眠りかけていた頃だった。

「食べろ」

と、差し入れてくれたのはカレーではなくおにぎりだったが、腕を解かれた瞬間からばくばくと食べた。

食べてから、もしかして毒入りだったら、と思いついたが、すでに手遅れだ。実際には入っていなかったことにほっとするしかない。

「……腹を下した者が見つかった」

と、高緯は言った。

「では疑いは晴れたのですね？」

「一応、だ。毒も下剤もおまえだという可能性も棄ててはいないが」

「そんな、まさか」

食事が終わると、正規は皇后の許へ連れていかれた。青女も下がらせ、三人だけになる。

そこで正規は、今までの経緯を説明させられた。

「それがこの腕輪です」

高緯が卓上に腕輪を置いた。

「これは……」

皇后が目を瞬《しばたた》かせる。

「見覚えが？」

「ええ……この細工には覚えがあるわ。昔、私が持っていたものよ」

「昔？」

「下賜したのよ」

下賜……！

その発想はなかった。

けれどもこの世界では、上の者が下の者に自分が愛用していたものを下げ渡すことは普通に行われているのだ。逆に下の者から上の者に贈り物をすることも頻繁にあるし、また前世だと違和感があるが、誰かからもらったものを別の人に贈ったり、ということもめずらしいことではないらしい。

「誰に下賜なさったのです」

「瑛妃《えいひ》と寧嬪《ねいひん》と恵貴人《けいきじん》に。三人ともほぼ同時期に陛下の子を身籠もったので、お祝いとお守りとしてね」

妃嬪が三人いっぺんに身籠もる……！

なにげにパワーワードだ。

（絶倫皇帝め……）

さすがに高星の親だけのことはある。

嫌悪だか羨望だかよくわからない気持ちで、正規は心の中で罵った。

「もともと同じものを三本重ねてつけられる意匠のものだったの。お気に入りだったんだけど、いずれ皇子や公主が生まれたら、きょうだい仲良くできますように、という願いを込めて一本ずつ贈ったのだけれど……」

そういえば、高星は普通の腕輪よりも少し細いデザインだと言っていた。もともと重ねづけするものだったからなのか。

「でも、二人は皇子と公主を授かったけれど、もう一人の皇子は生まれてすぐ亡くなってしまって、縁起の悪い品になってしまったわ」

この世界では、前世よりはるかにお産は危険なものなのだ。

(瑛妃と寧嬪と恵貴人……。瑛妃は、あの人だよな。……長春宮《ちょうしゅんきゅう》によく来てた……三……)

思いがけず聞いてしまった行為を思い出し、つい赤面しそうになる。正規は慌てて妄想を振り払った。

(恵貴人は、選秀女のときに窈貴妃や瑛妃と一緒にいた人だっけ？　……寧嬪は……)

御望亭《ごぼうてい》の新築祝いの宴にも全員いたはずだが、後宮の妃嬪は多く、思い出すのに少し時間がかかる。

(……そうだ)

宴のとき、誰かの名前を呼んで、ほかの妃の皇子を抱きしめていた、あれが寧嬪だった気がする。ではあの錯乱は、亡くした皇子を思ってのものだったのか。

「その三人の中の誰かが、高星殿下を……？」

皇后ではなくて？

彼女の言っていることが本当なら、そうなる。

（でも三人のうち誰が）

瑛妃と恵貴人は窈貴妃と親しい。選秀女のときも試験会場までついてきていたくらいの、いわば窈貴妃派だ。その一人息子を殺める動機はないようにも思える。対して寧嬪は広間をふらふらしてたし、毒を入れるチャンスは誰よりもあったのではないか。

（錯乱が芝居だという可能性もあるかもしれないし、……でも動機は？）

「……三人のことを調べてみないと」

正規の呟きに、だが高緯は言った。

「別にどうでもいいだろう？」

「は？」

「義母上の疑いは晴れたんだから。高星を狙った者が誰だろうと」

はあ？

正規は心底呆れた。

（やっぱ皇后にしか興味がないのか、このマザコン……！）

弟が殺されかけたのに、犯人が気にならないのか？　というより、野放しにしておけばいつか邪魔者を消してくれるかも、とでも思っているのか。

（そっちだな、多分）

だが、正規はそういうわけにはいかない。

「どうでもよくはありません。私の疑いは晴れてないんですよ⁉」

「だが辛者庫を出られたんだからよかったじゃないか。義母上の侍女になれたのが不満だとでも？」

「そうじゃなくて……！」

無実なのに証明できないのが悔しいのだ。このまま真実が表に出ないのは間違ってる。正義は成されるべきだ。

「調べたければ止めないが、おまえには今、ほかに大事な仕事があるはずだろう？　余計なことにかまけている暇などないんじゃないのか？」

「それは――」

もうすぐ皇太后の誕振《たんしん》――誕生祝いの宴が開かれるのだ。正規はその料理を申しつけられていた。

――陛下が、皇太后様にもかれえを食べさせてあげたいんですって。それに、ほかにも何か目新しい料理を考えてみてちょうだい

前世の感覚では考えにくいけれども、皇太后の誕振は、後宮の中でも一年で最も重要なイベントらしい。

采配を任されるのも名誉なことで、昨年までは窈貴妃が取り仕切っていたが、特別な理由もないのに皇后でなく貴妃が——というのは、本来あまり筋の通らないことだ。皇后は密かに心を痛めていたようだが、今年は指名されて大喜びだ。

——これも婉婉のかれえのおかげね

と、正規まで褒美をもらった。

——全体的なことは料理長がやるから、あなたは目新しいものを企画してくれればいいの

とはいうものの、失敗は許されない。去年の窈貴妃よりよいものを、と期待されているのだ。ただし、皇太后は無駄遣いを嫌うので、金をかければいいというものでもない。

(無茶言いやがって……)

正直、正規には誕振なんてどうだってよかった。自分の無実を証明するほうがはるかに重要だ。

だが今、皇后の侍女という立場にあって、彼女の命令を無視することはできない。

(……やれやれ)

正規は心の中で小さく舌打ちする。

高緯は捜査に協力してくれるつもりはないようだし、準備の合間に自分で調べるか……

けれども正規には、妃嬪たちとの接点がない。誰の腕輪かを調べるのは至難の業だ。

「誕振の件は、身命に賭けて力を尽くします。……でも、あの、今も腕輪を持っているかどうか、皇后様から三人に聞いていただくわけにはいきませんか？　何かのときに填めてきてもらえるように言うとか……」

「そうねえ……できないことはないけれど……少し言い辛いわね。寧嬪が死産したことで腕輪も辛い思い出になってしまって、彼女を気遣ってか、ほかの二人もあまり身につけてくれなくなっているし……」

寧嬪を気遣ってというより、窈貴妃を慮《おもんぱか》って皇后にもらったものは身につけない……というところなのかもしれないが。

「あ、そうだわ。そういえばもうすぐ寧嬪の皇子の三回忌があるわ。そのときに、供養のために填めてくるように言えば不自然ではないかもしれないわ」

実際に不自然じゃないかどうかはわからないが、皇后の命令なら従うだろう。――持っていれば、だが。

「感謝します」

正規は膝を折り、頭を下げた。

「だから誕振のことはよろしくね」

「はい」

再び膝を折る。

「せっかく大役を取り戻したんだ。皇后が貴妃に負けるわけにはいかないからな」

高緯の言葉に、さらに重圧を感じて、正規は呻《うめ》く。

「そもそも大切な行事を貴妃に任せていたのが間違っていたんだ。昔から皇后の役目と決まっているのに」

「お父様を批判するなんていけないわ。窈貴妃のほうが上手くやれると判断されただけ。私が頼りないのがいけないの」

「何を言うのです。高貴な女人はそれくらいでいいのです。そのために周りの者がいるのですから」

（おいおい、いいのか？）

それだと皇后が頼りないことを認めたも同然になるのだが。

「でも、陛下は頭のいい女人がお好きなのよ」

「何を言っているんです、義母上、女が頭がよくて何になります」

（おいおいおい、それはコンプラ違反では？）

そしてそれ以前の問題として、皇后を全肯定しようとするあまり、彼女が頭が悪いということまで肯定してしまっているような――。

「それに必要な教養は義母上もきちんと身についていらっしゃるではないですか」

よかった、フォローが入った。

「教養の問題ではないのよ。上手く言えないけど、違うのはもっと別のもの……頭の回転の速さというか、陛下と対等に遊べるような何か……。私では、碁の相手も満足に務まらないわ」

皇后が地頭のよさのことを言っているのだとしたら、少しわかる気がした。

正規自身、ガリ勉が好きで記憶力がよく、学習したことが身につきやすい性質ではあったが、特別な地頭のよさは持ちあわせていないと思っている。秀才ではあっても、天才ではない。

(天才っていうのはもっと別の……)

同級生にそういうタイプの男がいたのを思い出す。勉強しなくても成績は正規より上、閃きがあって、発想が人と少し、でも決定的に何か違っていた。

(そのうえ顔もよくて女子にもてて)

今思い出してもむかついてくる。

皇帝も窈貴妃も、つまりそっちのタイプだということなのだろうか。

けれどそれがわかるということは、皇后だって決して頭が悪いわけではないと思うのだが……むしろ足りないところがあるとしたら、人の悪さとかではないのか。

「なぜ義母上は、父上のことがあんなに好きなんだろうな」

鳳仙宮から帰る高緯を出口まで送る途中、彼はぼやいた。マザコンとしては、実の父のことであっても気に入らないらしい。

「そりゃあ夫ですから当然でしょう」

「さほどでもない妃嬪もいるようだが」

「中にはいるかもしれませんね。でもなんと言っても皇帝陛下ですし、金、権力、おまけに美貌と揃《そろ》っていたら、惹かれないほうがめずらしいでしょう」

ただしイケメンに限る——という格言、いやネットスラングをまた正規は思い出す。

「おまえも？」

「は？　お……」

女の一人として好みを聞かれるとは想定外だった。つい俺、と言いかけて、言い直す。

「私は別に」

「俺は男だからさっぱりわからないけどな」

（俺もだよ）

と、正規は密かに同意した。

「あ、そうだ。じゃあ、女体化させて考えてみたらどうでしょう」

「は？　なんだって？」

前世の日本では、ありとあらゆる中華の英雄は女体化されている。あの美形皇帝も、女体化させればどれほど妖艶な美女になることか。……と思ったが、この概念は通用しないようだった。それはそうか。

（そもそもマザコンだもんな）

皇后を熱愛し、あの美しい窈貴妃にもまったく反応していないあたり、皇帝を女体化できたとしても、やはり無駄かもしれなかった。

「なさぬ仲なのに、殿下はなぜそんなにも皇后様を慕っていらっしゃるんですか？」

気がつけばふと不躾な問いが口を突いて出ていた。高綽はじろりと正規を睨んだが、

「あの優しくて美しい義母上を、どうして敬愛せずにいられると思うんだ？」

無礼に機嫌を損ねたわけではなく、疑問に思うこと自体が不快だったらしい。正規から見ると、たしかに優しいけれど、美しいかというとさほどでもないと思う。どちらかといえば可愛いタイプだ。

「まあいい」

と、高綽は言った。

「おまえは、寧嬪の皇子が自然死だったと思うか？」

「え……」

突然重い話になって、正規は戸惑った。

「ほかにも亡くなった弟たちは何人もいる。後宮とはそういうところだからな」

「――」

フィクションの世界ではよく聞く話とはいえ、しばらく言葉が出てこなかった。

「……よくそんな中で、今まで無事でいられましたね」

第一皇子なんて、ほかの皇子やその母親たちからすれば、邪魔でしかたがないだろうに。

「だから俺は義母上に感謝せずにはいられないんだ」

（無事に生きてこられたのは、皇后が守ってくれたから——）

なるほど、単純なマザコンというだけではなかったのだ。


三回忌から戻ってきた皇后によると、腕輪を嵌めて来なかったのは、寧嬪だった。

「じゃあ寧嬪様が……？」

「侍女が言うには、盗まれたって」

「盗まれた……」

皇子が亡くなって以来、見ると寧嬪が動揺するのでしまい込んだままでいたら、いつのまにか消えていたのだ、と。

「盗まれた証拠はないのでしょう。口でならなんとでも言える。腕輪を持っていないのが寧嬪一人である以上、確定だな」

と、高緯は言った。

「瑛妃じゃなくて残念な気もするが」

「どうしてです」

「恵貴人も、一応寧嬪も窈貴妃派には違いないが、一番の側近は瑛妃だからな。卑賤《ひせん》の生まれらしいが父上の寵愛を得て権勢もあるし、瑛妃が失脚すれば窈貴妃の力も削げるだろう。瑛妃には公主しかいないが、そのうち皇子を産まないとも限らないし」

「窈貴妃派なら、高星殿下を殺そうとする理由なんてないじゃないですか」

「いずれ自分が皇子を産んだら、高星が邪魔になると思ったとか」

「生まれるかどうかもわからないのにやるにしては、リスクが大きすぎますよ。寧嬪だって動機はよくわからないですけど……」

そもそもあの状態の寧嬪に犯行が可能だったのかどうか。

(腕輪の細工から毒を入れないといけないわけだし、ばれそうになったら肥桶に棄てるとか判断力も必要だし。病んでいるのが芝居だという可能性もあるわけだけど)

「自分の子は死んだのに、高星が生きているのが気にくわなかったとか?」

「生きている皇子はほかにもたくさんいますよ」

「無差別にやったら、たまたま高星に当たった可能性もなくはないな。ま、一番気にくわない皇子が高星だったんだと俺は思うがね」

高緯は、もう終わったとばかりに事件への関心を失っているらしい。

(役立たず)

腕輪の持ち主が寧嬪だったことを皇帝に訴えて、無罪を認めてもらいたい。けれども簡単には踏み切れなかった。

いろいろ納得できないし、もし再調査となれば、寧嬪は慎刑司に送られるかもしれないのだ。無実かもしれない人が、しかも精神を病んでいる人が自分のせいで拷問されるのは抵抗があった。

(もう少し自分で調べてみないと)

とはいうものの、なかなかほかの妃嬪たちには近づけないし、誕振の準備もある。

材料の吟味、調達。料理の試行錯誤。味見。料理長との打ちあわせ。また味見。カレーを皇太后にも食べさせたいという皇帝の意向で、けれど初めてカレーを食べる年寄りにあまり辛いものを食べさせるわけにもいかず、かといって辛くなければ美味しくもないし……という調整。味見。味見。

そして「目新しいもの」として、計画中の料理もある。見た目が楽しく、難しい料理ではないはずだから――という理由で選んだのだが、前世で作ったことがあるわけでもない。器具から作成しなければならない。これもまた難儀な作業だった。

（うう……吐き気がする）

完全にカレーの試食のしすぎだ。前世からの大好物とはいえ、これほど香辛料をとって胃にいいわけがない。

匂いを嗅ぐのもいやになり、正規はよろよろと御膳房を出て、麗花園《れいかえん》の片隅でうずくまっていた。

「どうした？　具合でも悪いの？」

「……いえ、大丈夫で……」

親切に声をかけてきた相手に答えながら、顔を上げる。そして疲労も忘れ、飛んで後ずさりそうになった。

高星だった。

「婉婉……やっぱりそうか」

わかっていたような口振りだが、実際には気づいてはいなかっただろう。この男なら、体調を崩した宮女を見かけ、あわよくば口説こうと思ったに決まっている。

（全然親切じゃなかった……！）

「……高星殿下」

正規は立ち上がり、少しよろめきつつ挨拶をした。

「大丈夫です、おかまいなく」

高星は聞いていない。

「顔色が悪いね。挨拶はいいよ」

促され、正規は再び石段の上に座った。高星もまた腰を下ろす。

（……って、だからなんで隣に座るんだよ……！　さっさと行け！）

と、正規は思うが、婉婉の身分で彼を退《ど》かすことなどできるわけがなかった。自分が立ち去ればいいことではあるが、吐き気は治まっておらず、立ち上がる気力がなかった。

「料理の準備は大変みたいだね」

「え……？」

「香辛料の匂いがする」

すっかり体に移ってしまっていたらしい。いい匂いのする貴公子から指摘されると、少々恥ずかしかった。いや、恥ずかしいと思っているのは正規の中の婉婉かもしれない。女性に匂いのことを言うなんて、優男のくせになんてデリカシーがないのかと思う。

「……昨年までは、皇太后様の誕振は長春宮で取り仕切っていらしたとか……。窈貴妃様はさぞがっかりなさっているのでは？」

「さあ。母上はそういうことを表に出すような人ではないよ」

窈貴妃のことをたいして知っているわけではなかったが、そう言われればなんとなくそんな感じがした。

（あ……そうだ）

誕振のための料理器具を作る業者と打ちあわせしていたときに、ふと思いついたことがある。

腕輪に毒を仕込む細工を作った細工師を探し、そこから犯人をたどることはできないだろうか。かなりしっかりした細工だったから、名工かもしれない。

とはいうものの、どうやって探したらいいかわからなかったのだが、高星なら知っているのではないか。

顔を見たくもない相手だったが、会ったからには利用させてもらおう。

「あの……」

正規はこれまでの経緯を説明した。

「そういう優れた細工師をご存知ありませんか」

「……君はまだあの事件を調査しているの」

呆れたような、やや困惑さえ滲《にじ》ませて、高星は言った。

「当然です……！　冤罪をかけられてるんですよ。潔白を証明するまで諦めるわけにはいきません」

「辛者庫を出て、皇后様に重用されて……もう十分な気がするけどね」

「待遇は十分でも、真実が明らかになってませんから」

高星は肩を竦めた。

「精巧な細工を得意とする業者なら、何人か知らないでもない。心当たりを当たってみてあげよう」

「ありがとうございます！」

そもそも高星が殺されかけた事件を調べているのに、なぜそう恩着せがましく言われなければならないのか。被害者のくせに――と思いつつ、正規は礼をする。

と、目の前に手が出てきた。

「なんですか、この手は」

「腕輪を預けて欲しい。その細工をした者が知りたいんだろう？　実物がなければ捜せないよ」

言っていることはもっともだが、唯一の証拠を渡してしまうのは心許《こころもと》なかった。せっかく皇后から返してもらえたのに。――ちなみに皇后は、というか高緯が、肥桶に落ちていたものを皇后の傍に置いておくのがいやだったらしい。

「業者を教えてくだされば、自分で当たってみます」

「一介の侍女に聞かれて、口を割ると思う？　それに君、今は時間がとれないんだろう」

「……っ、たしかに殿下は暇そうですよね」

「そうでもないんだけどな」

高星は苦笑した。

「まあ調べなくていいって言うんならかまわないけど」

「うう……」

「調査が終わったら返すよ。奪うつもりなら前回奪っているはずだろう」

たしかにそのとおりではある。どちらにしても、高星が細工師を教えてくれなければ、自分で調べることはできないのだ。

正規はしかたなく、彼に腕輪を差し出した。

九

誕振がいよいよ近づき、準備もずいぶん進んだある日。

正規《まさき》は紫微城《しびじょう》のすぐ裏にある山、明山《めいざん》に、野苺《のいちご》が自生していると耳にした。

（ちょうどいい飾りになるかも）

皇后に許可をもらい、午後から登ってみる。

――夕方から雨になりそうだから、早く帰ってくるのよ
と、侍女頭の青女《せいじょ》には言われた。

（この快晴で？）

どっちにしても、野苺を摘《つ》むくらい、そんなに時間はかからない。道もそれなりに整備されているし……途中までは。

（山道をちょっと外れると、やっぱ山の中だよな……）

草叢《くさむら》を踏み分け、斜面を登って、御膳房の仲間に聞いた場所を目指す。途中でほかにも使えそうな食材を見つけては、背負ってきた籠《かご》に放り込む。長春宮《ちょうしゅんきゅう》から数えれば御膳房

勤めも長くなってきたので、見分ける目も少しはできてきたのだ。

(多分このへん……あ)

可愛らしい赤い実を見つけて、正規は駆け寄った。

(あった！)

念のため一つ摘んで食べてみると、酸味のある甘さが口に広がった。空腹のためにそう感じているのかもしれないが、想像よりだいぶ甘い。

(美味しい……！)

間違いなく野苺だ。ちなみに蛇苺《へびいちご》だと、よく似てはいるが味がしないという。

正規は手当たり次第に摘んで、籠に入れた。一部は根ごと持って帰って、御膳房の傍の菜園に植えるつもりだ。

「よし。こんなもんだろ」

そして満足して帰路につこうとしたときだった。

「嘘、雨……!?」

降るとは聞いていたけれども、その前に帰るつもりだったのだ。夢中になるうちに、思ったより時間が経っていたのかもしれない。

慌てて元来た道へと戻る。意外と深く踏み入っていたらしく、なかなか開けた場所には着かなかった。

あっというまに雨足は強くなってきた。自分自身もずぶ濡《ぬ》れだが、食材が傷まないかどうかも気になった。手巾を籠にかぶせて端を結び、簡単な蓋を作って先を急いだ。

「あッ……！」

焦って駆け下りようとしたせいか、濡れ落ち葉に足を取られた。まずい、と思ったときには、正規は斜面を滑り落ちかけていた。咄嗟に蔦《つた》を引っ摑み、体を支えた。恐る恐る下を見れば、遠く沢が見える。あそこまで落ちたら滑落死するか、助かっても溺死するかもしれない。

正規は蔦を頼りに這《は》い上がろうとしたが、引っ張るとそれはぶつぶつと音を立てて切れてしまう。

（落ちる……っ）

走馬灯のようにこの世界に来てからのことが脳裏を廻った。春花《しゅんか》のこと、選秀女のこと、長春宮では料理を覚え、辛者庫では肥桶を洗い、鳳仙宮《ほうせんきゅう》で皇后の侍女になって——このまま死んだら、前世に戻れたりしないだろうか。

それならいいが、そんな保証はどこにもない。

（死にたくない……！）

と、思ったときだった。

「婉婉《えんえん》……っ！」

はっと顔を上げれば、高星《こうせい》の顔が見えた。

「な、なんで……っ」

「いいから手を……！」

高星が伸ばしてくる手を必死で摑んだ。優男の細腕だと思ったのに、意外にも力強く引っ張られ、どうにか平らな場所まで這い上がる。正規は恐ろしさと疲労で、すぐには口をきくこともできなかった。

「……とりあえず、雨宿りを」

という高星に引きずられ、近くにあった大木の根元まで移動した。都合よく洞《うろ》があって、その中へ入り込む。

高星に渡された手巾で、びしょ濡れになった顔と手を拭った。少し変わった色味の美しい刺繡の入ったそれは、女性からの贈り物だろうか。ようやく少し落ち着いて、そんなことを考える余裕が出てきた。

「あっ、野苺……‼」

思い出して籠に飛びついたが、手巾の蓋が功を奏したのか、中身は無事のようだった。

正規はほっと胸を撫《な》で下ろした。

「それで……どうして殿下が？」

「不審者を見るような目はやめて欲しいな。君を死地から救ってあげたのは私なんだけど」

「それは……」

気にくわない相手であっても、助けてもらったのは事実だ。正規は立ち上がり、礼をした。

「……高星殿下に感謝します」

儀礼に則《のっと》って感謝を示したのに、高星はどこか不満そうだ。

(叩頭しろってか)

それくらいはするべきなのかもしれないが、正直したくはないので、正規は早々に話題を戻した。

「で、どうして殿下がこんなところに?」

「……前に腕輪のことを調べる約束をしただろう。それを報告に行ったら君がいなくて、明山に野苺を摘みに行ったと言われたんだ」

「それでわざわざ?」

「……散歩がてら、ひさしぶりに足を延ばしてみるのも悪くないと思ったんだよ。密談をするには、人気《ひとけ》のない場所のほうがいいしね。まさかこんなことになっているとは思わなかったけど」

高星の言うことにも一理あった。窈貴妃《ようきひ》の皇子と皇后の侍女、しかも元婚約者同士となると、一緒にいるところを見られたら何を勘ぐられるかわからない。

「それで……何かわかったんですか？」

「私が贔屓にしている細工師は何も知らなかったが、細工師仲間を当たってもらってね。……そうしたら怪しい者が見つかったんだ。で、その者を密かに捕らえて取り調べたら、腕輪に細工をしたと認めた」

「本当ですか……⁉　誰に頼まれたか、わかりました⁉」

「妙齢の女性だそうだ。髪型や服装から、高位の女官ではないかと思ったそうだが、金に困っていたので高額の報酬に釣られて、相手の名前を聞かずに引き受けたと……」

正規は肩を落とした。細工師がわかったのは朗報だが、頼んだのが誰の侍女だかわからなくては、ここで糸が途切れてしまう。

「その女性は頭巾をかぶっていて顔ははっきりとは見えなかったそうだが、特徴を聞いて似顔絵を描いてみた」

「えっ」

そういえば高星は婉婉にも絵を贈っていたんだった。あれを得意と言うのかどうかは微妙だったけれども。

「描いているうちにわかったよ。この女性は瑛妃《えいひ》の侍女の翠薇《すいび》じゃないかと」

（あの画力で？）

と、思った気持ちが伝わったのか、高星に睨まれた。まあ描いている本人の脳内イメージは、もっと鮮明なのだろう。

「さすがに侍女のことはよく覚えてるんですね」

やや呆れつつ、ある意味褒めたのだが。

「瑛妃は母上のところにしょっちゅう来ているから、翠薇とも何度も顔を合わせているんだ」

高星はやや臍《へそ》を曲げたようだ。

「そんなことを言ってると、続きを教えないよ？」

「続きがあるんですか？」

「細工師を連れてきて、密かに翠薇の顔を見せたんだ。細工師は、たしかに似ていると証言した」

「決まりですね……！」

腕輪の細工を頼んだのは翠薇、つまり犯人は瑛妃だ。

「……とまで言えるかどうか。似ていると言っただけで、間違いないとまでは言わなかったし、瑛妃には動機も薄いから」

「それはそうですけど……」

惜しい。でも、前進したことはたしかだ。誕振が終わったら、もっと瑛妃の身辺を調べてみなければ。

「まあ、そんなにがっかりしないで。その絵を餌《えさ》に、敵に罠《わな》を張ってみたから」

「罠？　罠ってどんな？」

「上手くいったら話すよ」

好奇心丸出しで問いかけると、高星は笑った。

正直、そこまでしてもらえるとは思っていなかった。彼の婉婉に対する罪悪感は、正規が考えていたより大きいのかもしれない。

「それにしてもびっくりしました」

「何が？」

「意外と有能なんですね？」

ただの女好きのチャラ男かと思っていた。腕輪の調査を頼んだときも、正直あまり期待してはいなかったのに。

「なんだと思ってるんだ？　私を」

褒めたのに、また睨まれた。

「それにしても、雨やみませんね……。なんか空が真っ暗になってきましたけど、もしかしてもう日が暮れるような時間なんですかね？　夜になってもやまなかったらどうします？　ここで一晩明かすとか……」

「は⁉」

「絶対いやですよね、こんなところで野宿なんて」

「あ……当たり前だろう。だいたい君は青女から今日は天気が崩れると聞いていたんだろう？　なぜそんな日に山に登ったりしたんだ」

「だってもう誕振は明々後日《しあさって》だし……崩れる前に帰れるはずだったんです。でもいろいろ使えそうなものを見つけて寄り道するうちに……」

（……ん？）

言い訳しながら、ふと気づいた。

「……荒天になるって知ってたのに、殿下もよくこんなところまで来る気になりましたね」

腕輪の件なら別の機会でもよかっただろうに。

「――……」

口の減らなさでは正規と変わらないくらいの高星が、言葉を失った。

（……実は心配して来てくれたんじゃ……？）

と、初めて正規は思い至った。

（青女から婉婉が明山へ登ったまま帰らないって聞いたから。……それに今回だけじゃなくて、皇帝に初めてカレーを提供したときに御前で会ったのも、何かあったら助け船を出すつもりで先回りしてたんじゃ？）

最初に処刑されかけたときも助けてくれたし、真犯人の調査にも協力してくれた。

（……もしかして、本当は婉婉に未練があるんじゃないのか？）

罪悪感だけじゃなくて。

（婉婉のことが、本当は好きだったんじゃないのか）

それならどうして棄てたりしたんだろう。

いや、でも——失ってから大切さに気づくとか、恋しくなるとかっていうのは、よくある話だ。

（でも、婉婉はもういない）

今の婉婉は、見た目は同じでも中身は別人なのだ。

（高星はもう、本物の婉婉に会うことはできない。謝ることも、よりを戻すことも、もう二度と）

そう思うと、少しだけ同情を覚えずにはいられなかった。好きな人を亡くした彼に——

そしてそのことを永遠に知ることもない彼に。

（……自業自得だけどさ）

黙り込んだ高星をちらと見れば、彼は青い顔をしていた。心配してくれたことがばれて、
それほどばつが悪いのかと思ったけれども、なんだか違うようだ。

「……殿下、もしかして体調悪いんですか？」

「……いや、別に」

「でも震えてません？」

高星もだいぶ濡れているし、風邪を引いても不思議はない。正規は自分のマントを脱いで、彼に着せかけようとした。それを高星が押し返す。

「女性にそんなことをさせるわけにはいかないよ」

「でも」

「これは寒くて震えているわけじゃないんだ」

高星は有無を言わさず、再び正規にマントを羽織らせる。

「……昔、古井戸に落ちたことがあって」

「井戸⁉」

つい声をあげてしまう。

「よく助かりましたね……」

「幸い水があまり溜《た》まっていなかったのと、母が長春宮総出で捜させてくれたおかげで、なんとか救出されたんだ。それ以来、暗くて狭いところが苦手で。……でもこれくらいなら大丈夫なんだ。そこまで真っ暗ではないし、一人じゃないしね」

「殿下……」

婚約破棄の件はともかく、今日までいろいろと助けてくれたのはたしかだし、そのせいでこんな場所で雨宿りすることになったのだ。申し訳なさとともに感謝と同情が湧き起こる。いや、これは正規の中の婉婉の思いなのかもしれないけれど。

少しでも気を楽にしてやりたくて、正規は高星の手を握った。

「婉婉……」

驚いたように高星が視線を向けてくる。正規はそこでようやく我に返った。

（今は女なんだった……！）

意識は男でも、安易にこういうことをしたらまずいのだ。慌てて手を放す。

「い、今のはただちょっと――」

「……婉婉」

ふいに高星が改まって名を呼んだ。正規は顔を上げた。

「すまなかった。……董《とう》将軍が亡くなったことも知らず、安易に婚約解消してしまったこと、一度きちんと謝りたいと思っていたんだ。まさか宮女になるほど困窮するとは思わなくて」

（……高星）

宮女になった一番の理由は困窮ではなく復讐だけれども。

高星が正面から謝罪してくるとは思わず、正規は驚いた。

「君が許してくれるなら、私にできることはなんでもする」

「……なんでも？」

「ああ。このままじゃ嫁にも行けないだろうから、嫁ぎ先を世話してもいい」

「はあ？」

金のために宮女になったと思っているからこその言葉だろうが、棄てた女に男を紹介しようなんて、チャラ男のくせにデリカシーがなさすぎるのではないか。

もしかしたら見た目ほど女慣れしているわけではないのだろうか。そういえば、妙に遊び人らしくない言動をすることは、これまでにもあった気がする。

「余計なお世話です」

「では兄君たちの仕事を世話するのは？」

「上の兄は科挙に挑戦中ですし、下の兄は……」

試験で不正をするわけにもいかないし、下の兄の地位を上げてくれるのならありがたくはあるが、何しろ軍人だ。実力もないのに出世すれば、いずれ部下たちや味方の部隊に壊滅的な被害を与えかねない。

「そんなことより、許して欲しければ私の無実を全力で証明してください。もし証明されたら、今度こそ恨みは忘れます」

高星を恨んでいるのは、正規ではなく婉婉だ。正規がかわりに許すのは違うのかもしれないけれど、本当の婉婉はすでにこの世の人ではなくなっている。そうしなければ高星は一生許されることができなくなってしまう。それは可哀想だと思ってしまう。

「されなかったら?」

「されるまで」

高星はため息をついた。

「わかったよ。なんでもすると言ったのは私だからな。まったく、君には負けるよ」

正規はつい声を立てて笑った。未だ自分の無実が認められたわけではなかったが、高星への恨みが薄れていくのを感じた。

結局、雨が上がったのは明けがたになってからだった。

いつのまにか眠っていた正規は、高星に起こされてようやく目を覚ます。大きくのびをして立ち上がると、朝靄《あさもや》の中に遠く紫微城が見えた。

「わあ……絶景……!」

黄金色の屋根が波のように無数に広がっているのが一望できる。

正規はこれが見られただけでも、この世界に来た甲斐があった気がした。

十

正規《まさき》は朝、疲れ果てて帰り着き、そのまま倒れるように眠った。

目を覚ましたのは、昼を過ぎてからのことだった。

日の高さに仰天し、慌てて支度をして部屋を出ると、青女《せいじょ》に会った。

「あら、起きたの？　今日は寝かせておいてやれって皇后様もおっしゃってたのに」

「えっ」

「このところ働きづめだったでしょう。誕振の準備が滞りなく進んでいるなら一日くらい休んでもいいそうよ」

正規はほっとして力が抜けた。

（ありがとう、皇后様……！）

そもそもが労働基準法のない世界ならではの超過勤務ではあったのだが。

「それより聞いた？」

「何をです？」

「聞いてるわけないわよね。私もついさっき耳にしたんだけど、高星《こうせい》殿下が馬球《ばきゅう》の練習で落馬して大怪我《おおけが》をしたって」

「え……っ」

正規は絶句した。

「……大怪我ってどれくらいの？」

「さあ。意識が戻らないらしいわよ」

早朝、一緒に紫微城《しびじょう》に帰ってきて、麗花園《れいかえん》で別れた。あのあと正規は寝てしまったが、高星は馬球の練習に出たのか。

（もしかして寝不足でぼうっとして、落馬したとか？）

正規のせいというわけではないが、心配して明山《めいざん》へ来てくれたことが遠因になったのかと思うと、責任を感じる。放ってはおけなかった。

「それで、殿下はどこに？」

「さあ。果緑宮《かりょくきゅう》か長春宮《ちょうしゅんきゅう》じゃないの？」

幸い皇后は仕事を休んでもいいと言ってくれている。正規は果緑宮を訪ねてみることにした。今までの経緯と、今は皇后の侍女であることを思えば、さすがに長春宮には顔を出し辛かった。果緑宮のほうにいてくれたらいいけど。

果緑宮は、ある程度の歳まで成長した未婚の皇子たちが暮らしている宮で、訪れるのは初めてだが、まだしも敷居が低かった。

門番に取り次ぎを頼むと中に通されたが、高星の寝室へ足を踏み入れた瞬間、正規は棒立ちになった。

寝台に横たわった高星の傍に、皇帝と窈貴妃《ようきひ》もいたからだ。ほかにそれぞれの太監と侍女もいる。

「こ……皇帝陛下と窈貴妃様にご挨拶いたします」

型どおりに礼をしながら、凍りつくような空気感に、なぜあっさりと入室を許されたのかを察する。つまり、なんらかの疑いをかけられているのだ。

「馬の鞍《くら》に細工をしたのはおまえか」

皇帝が問いかけてきた。

「は……!?」

「まだ恨みを忘れないのか」

鳳仙宮《ほうせんきゅう》でカレーを食べているときとはまるで違う、鋭い視線と冷たい声だった。

「ち、違います……！　私は何もしてません……！」

正規は必死で訴えた。

「あの……それより殿下は？」

高星の容態を聞きたかったが、高貴な人の問いを遮る無礼は、さらに彼らの不興を買ったようだった。

窈貴妃が言った。

「おまえはまだ高星を恨んでいたの？　御望亭《ごぼうてい》では高星のとりなしのおかげで命拾いしたというのに」

「違います……っ、殿下のことはもう恨んだりしておりません。いったい何が起こったのですか？　私はただ殿下が落馬したと聞いて……」

馬球大会が近いため、高星を含む皇子たちは毎日昼前に練習をしていたという。だが高星が馬場で馬に跨《また》がりかけたとき、鞍から何か光るものが飛び出していることに気づいた。咄嗟に避けたが、そのため均衡を崩し、落馬して意識を失った。

調べてみると、鞍には毒針が仕込んであった。その毒は、以前、御望亭の新築祝いのときに盛られていたものと同じものだった。

毒でやられたわけではないということにはほっとしたものの、高星の青い顔を見ると、頭でも打ったのではないかと不安になる。

「高星がこのところ馬球の練習をしていることを知って、今度こそ復讐を遂げようと細工を施したのではないか？」

「違います……！　馬球のことなんか知りませんでした‼　勿論馬に細工などしておりません」

そもそも厩舎《きゅうしゃ》の場所も、どこで練習していたのかさえ知らなかった。

「……彼女は違いますよ、父上」

眠っているように見えた高星が、口を開いた。

「高星……！　よかったわ。気分はどう？　苦しくはない？」

窈貴妃が声に安堵を滲ませ、高星の顔を覗き込む。このときばかりは正規も窈貴妃と同じ気持ちだった。

「母上……たびたびご心配をおかけして申し訳ありません。私は大丈夫です。……婉婉《えんえん》とは、昨夜ずっと一緒におりました。彼女ではありえません」

「ずっと一緒にですって？」

窈貴妃が問い返した。

「明山で雨に降られて下りられなくなったために一緒にいただけで、何も疚《やま》しいことはしておりません。誤解なきよう……」

「明山……？」

「散歩をしていたら、野苺を摘みに来ていた婉婉と偶然会ったんです。すぐに雨が降り出したので、帰れないまま朝まで一緒にいました。……ですので、婉婉には不可能です」

「では……」

「私に心当たりがあります。……御望亭での事件のあと、実はまた同じようなことが起こるのではと思い、警戒していたのです。特に日課になっているような行動は狙われやすい……そこで厩舎の者に、毎晩仕事の最後に、色をつけた粉を馬の脚元に撒《ま》いておくように命じておきました。……衣の裾にその粉がついている者が犯人です」

正規は少なからず驚いた。

(……そんな仕掛けをしておいたなんて)

そしてそれはまた、正規——婉婉の無実を信じ、ほかに真犯人がいると思っていなければありえないことだ。

——その絵を餌に、敵に罠を張ってみたから

(そういえば、そんなことを言ってたっけ)

これがその、犯人を炙《あぶ》り出すための罠なのだろうか。だが、そのために自分自身がこんな目に遭うなんて。

喋り疲れたように、高星は寝床に沈み込む。

彼の話を聞いていた皇帝は、御前太監に手配を命じた。

「気取られぬよう細心の注意を払い、即刻調べよ」

もっと時間がかかるかと思ったが、夕刻には調査は終わった。証拠の性質上、時間をかけるわけにはいかなかったからだろうが、何より皇帝の直属には有能な者が揃っているのだろう。

連れてこられたのは、瑛妃《えいひ》の侍女、翠薇《すいび》だった。

(やっぱり……)

腕輪の件も翠薇だった。背後には瑛妃もいるに違いない。

「高星の馬に細工をしたのはおまえか」

「私ではございません」

「ではなぜ昨夜厩舎に入ったのだ？」

「それは……」

侍女が厩舎に行くまともな理由などあるわけがない。皇帝の尋問に、苦し紛れか、翠薇は唇を開いた。

「……逢《あ》い引《び》きをすることになっていたのです」

「逢い引きだと？　相手の名は？」

翠薇は一瞬黙る。安易に名前を出せば、嘘がばれてしまう。

「――高星殿下です」

(は？)

正規は思わず高星を見た。高星は困惑した顔で眉を寄せている。

「高星殿下が厩舎で会おうとおっしゃったのです」

(翠薇までその手を使うのか)

正規も高星をだしに使って皇后に近づいたことがあったけれども。

二番煎じにもほどがあると思うが、必ずしも真実味がないわけでもないのが狡猾《こうかつ》だ。

「でたらめだ」

と、高星は言った。

「でたらめなどではありません。そういう場所を指定されたのは、人目につきたくないからだと思いました。しばらく待っていましたが、いらっしゃらなかったので帰りました。裾に粉がついたのは、そのときだと思います」

「翠薇と個人的なつきあいなどありません。勿論、誘ってもおりません」

「いいえ。たしかに声をかけていただきました。殿下にとっては取るに足りない女の一人だとはわかっていますが、お忘れになるなんてあんまりです」

二人のあいだのことだけに、水掛け論になってしまう。高星の日頃の行いもあって、むしろ翠薇に分があるようにさえ聞こえた。

(おまえ女好きを利用されすぎだろう。これを機会に素行を改めろよ)

という思いで、正規はちら、と高星を睨む。

「では誰が昨夜馬に仕掛けをしたと言うのだ？　おまえ以外に誰が」

「存じません。私はしばらくいて帰りましたので、そのあとに誰か来たのかと」

「嘘をつくな……！」

高星は寝台から起き上がった。というより、這い出してきた。床に両手を突いて、翠薇にぴったりと視線を合わせたまま、じわじわとにじり寄る。息を呑《の》んで後ずさりする翠薇の旗袍の裾をぎゅっと摑んだ。

「ひっ……」

「私を殺そうとしただろう……！」

「知りません……！」

翠薇は叫ぶ。

「私は殿下の馬に毒など――」

そしてはっとしたように口を噤んだ。

「毒針だったと、なぜ知っているのだ？」

指摘したのは皇帝だった。

「朕は、高星が落馬したという以上の情報は伏せるよう命じておいたはずだが」

「一言も漏らしてはおりません」

御前太監が答える。

「そもそも、最初に馬に細工が施してあったことを聞いても驚いていなかったな」

「そ——そんなことは」

「高星を殺めようとしたのは、瑛妃の命令か？」

「違います……っ！」

「ではなぜ、高星を害そうとした？」

翠薇は青い顔で黙り込む。

「高星殿下に片思いしてたのよね？」

甘やかな声が割って入ってきたのは、そんなときだった。

瑛妃だった。彼女は皇帝と窈貴妃に礼をして、翠薇の傍に座り、顔を覗き込んだ。

「翠薇、はっきりおっしゃい。正直に白状すれば、許していただけるかもしれないわ」

「瑛妃様……っ」

「……ね？」

（口止めだ……！）

瑛妃がやってきたのは口止めのためだ。正規の中で、彼女への疑惑が確信に変わった。

「陛下……！　瑛妃様は翠薇を口止めしようとしています……！」

「口を慎みなさい……！　たかが侍女の分際で！」

思わず声をあげた正規を、瑛妃は鋭く制する。

「さあ翠薇、答えて」

わずかな沈黙のあと、翠薇は小さな声で言った。

「……高星殿下に棄てられた腹いせのため、私の一存でいたしました」

口にした途端、翠薇の目から涙が溢れ出る。

「慎刑司で詳しく取り調べよ」

皇帝の命令が下った。

正規ははっとする。拷問を伴う尋問が行われるかもしれないということだ。

「陛下……っ」

思わず抗議しようとした正規を、高星が制した。

「――婉婉。取り調べのためには、しかたのないことだよ」

「……っ……」

慎刑司で調べられれば、翠薇は瑛妃の関与を白状するかもしれない。

このまま翠薇だけを処罰すれば、瑛妃には逃げられてしまう。もしかしたらまた高星の命を狙われる可能性もある。

(……拷問されるとは限らないわけだし……)

やったことを思えば、自業自得でもあるだろう。

正規は結局、翠薇が太監たちの手で連れ出されていくのを黙って見送った。

これで彼女が御望亭の件も白状してくれれば、正規の無実も証明される。

一件落着……と、思っていいのだろうか。

「……明山で言っていた、罠ってこのことですか」

皇帝と窈貴妃が果緑宮を去ると、正規は高星を問《と》い質《ただ》した。青い顔をして伏している男に今するべきことではないと思ったが、聞かずにはいられなかった。

「そう……細工師に聞いて描いた似顔絵を落として、わざと翠薇に拾わせるように仕向けた。頭巾をかぶった自分の絵が描かれているのを見れば、疑われていると悟って行動に出るだろうと思った。上手くいっただろう？」

「――自分を囮《おとり》にするなんて、何考えてるんだよ……っ」

上手くいったからいいというものではない。一歩間違えば毒にやられるか、もっと大怪我をしていたかもしれなかったのだ。へらへらと笑っている高星に腹が立ってならなかった。

「本当にやられてたらどうするつもりだったんだよ⁉　気づかずに針が刺さってたら、死んでたかもしれないのに……！」

「婉婉……？」

高星は目をまるくして見つめてくる。完全に素が出ていたことに気づき、正規ははっとした。だいたい復讐しようとしていた相手が怪我をしようがどうしようが、気にかけるようなことではないだろうに。

なのにじわりと涙が滲みかけ、慌てて顔を逸らす。

「と……とにかく、こんなことはもう絶対にやめてください。犯人が捕まったって、死んだらなんにもならないでしょう……っ」

「……ごめん」

気圧《けお》されたように高星は謝った。

けれども高星がこんな真似までしたのは、正規の――婉婉の無実を証明するためなのだ。

謝らなければならないのは、本当は正規のほうなのかもしれなかった。

むしろお礼を言うべきかもしれない――そう思うのに、胸がつかえて、感謝の言葉一つも出てこなかった。

十一

「皇太后陛下、万歳万歳万々歳！」

「万歳万歳万々歳！」

皇太后が席に着くと、誕振が華やかにはじまった。

「誕生日おめでとうございます、母上」

「今年一年も健やかにお過ごしくださいますよう」

「ありがとう」

御望亭《ごぼうてい》とは違い、今回の会場である桔黄宮《きつおうきゅう》には小ぶりな舞台がある。その正面に皇太后と皇帝、皇后が並び、両脇や後方にほかの妃嬪や皇子公主が座っていた。

瑛妃《えいひ》も堂々と出席していた。つまり真相が明らかになってはいないということだ。

そもそもこれだけのことが起こったのに、不思議なほど騒ぎになってはいなかった。

誕振を控えて皇太后を煩わせたくない皇帝の意向で箝口令《かんこうれい》が敷かれているからだが、そのかわりのように、婉婉《えんえん》が高星《こうせい》と一夜を過ごしたことだけは取り沙汰されていて、正規《まさき》は閉口した。

——おまえも懲りないな、棄てられたくせに

と、高緯《こうい》からも揶揄《やゆ》された。

——たまたま会って、雨で一晩帰れなかっただけで、別になんでもありませんから

——これ以上、妙な評判が立ったら、嫁に行けなくなるぞ

——行く気はありませんから大丈夫です

だからといってあばずれみたいな評判を立てられたいわけではないのだが。

翠薇《すいび》が取り調べで真相を喋ってくれるかどうかが気になってならないが、とにかく今は誕振だった。

あれだけ必死に準備してきたもの、しかも皇后の威信もかかっているのだ。絶対に成功させなければならない。

テーブルには、すでにオードブルに当たるものが載せられている。今年はカレーなどに合わせて、やや洋風のものを用意していた。

皇太后には目新しさを感じてもらえたようだ。

オードブルを食べているあいだ、舞台では皇太后の好きな京劇が演じられ、華やかに誕振を盛り上げた。皇后の命令で招かれたこの劇団は、都で大人気なのだという。

（しかし毎年こんなことやってるのか……）

たかが誕生会によくやる……と思うのは、祝ってもらったことがない僻《ひが》みなどではない。多分。

そのあと上座のテーブルを片付け、続く料理を運び込むと、会場全体から感嘆の声が漏れた。

「まあ、なんなの、これは？」

皇太后も目をまるくしている。摑みは大成功だ。

「義母上、乳酪起士火鍋でございます」

皇后が答えた。

つまり、チーズフォンデュだ。

さんざん知恵を絞ってこれにした。難しい料理はもともと作れないし、正規に期待されているのは、味より何よりインパクトだと判断したからだ。

職人に作らせたチーズフォンデュ用の巨大装置からは、ヴェールのようにチーズが流れ落ちている。ここにいる誰一人として見たことのない光景に違いなかった。

「乳酪起士火鍋？」

「牛の乳から作ったタレのようなものです」

皇后には一通り、チーズフォンデュについてレクチャーしてある。

「こちらの具材に絡めてお召し上がりください」

野菜や腸詰めなどは、目にも楽しいように料理長に美しく飾り切りにしてもらった。皇太后の好物だという海鮮は茹《ゆ》で、殻を剝いて食べやすくしてある。

皇后は串に海老《えび》を刺して、流れるチーズの中に突っ込んだ。軽く回して絡め、皇太后に差し出す。

「熱いのでお気をつけください」

「ありがとう」

皇太后はそれを口にした。

「食べたことのない食感ね。面白いわ」

そこは美味しいと言って欲しいところだけれど、もともとそれほど味が突出していいという料理ではない。

「やってみたいわ」

と言ってくれたので成功だ。

皇后が串を渡すと、皇太后は飾り切りした茸《きのこ》を刺してチーズにくぐらせ、口へ運ぶ。

「いかがです、母上」

「美味しいわ。あなたたちも食べなさい」

ほかのテーブルにもそれぞれ乳酪起士火鍋が配られた。これは上から垂れるような凝ったものではなく、下に石炭を置いて温度を保った小さな鍋だ。

「おばあさま、ぼくもやってみたいです……！」

「ぼくも……！」

飛び出してきたのは、第十一皇子と十二皇子だ。まだ二人とも五、六歳だろうか。

（十一と十二か……）

天逝《ようせい》した皇子も入れての勘定だが、それにしても子だくさんだと思う。前世ではなかなか考えられない数だ。

「あっ、高明《こうめい》……っ」

母親が止めようとする。ちら、と窈貴妃《ようきひ》のほうを見たところをみると、行儀の悪さや皇太后に対する無礼より、皇后の用意した料理にはしゃぐことを窈貴妃に対して憚《はばか》ったのかもしれない。

それを窈貴妃がとりなす。

「あれを見てじっとしていろというのは、子供には無理なことですわ。ね、義母上」

優美な微笑は、とてもそんなことを気にするような人には見えないけれども。

「いらっしゃい」

皇太后も機嫌よく孫たちを手招きした。

二人に串を渡し、具材を選ばせて、自ら抱え上げる。

「この中に入れるのよ。熱いから気をつけて。あら、顔に乳酪が」

チーズが糸を引くのも楽しみの一つだ。愛らしい失敗に、皇太后は目を細めた。かなり孫たちを可愛がっているらしいことが伝わってくる。

「ほかにもやってみたい子はみんないらっしゃい」

皇太后が声をかけると、うずうずしていたらしいほかの子供たちが群がった。大変な囂《かしま》しさだが、チーズフォンデュのないこの世界の子供たちからしたら、やはりやってみずにはいられないだろう。ただ具材にチーズをつけるだけのことなのだが、正規も初めて見たときは同じだった。

孫たちに囲まれて、皇太后は嬉しそうだった。特に子供が好きではない正規からしても、微笑《ほほえ》ましい光景ではあった。

（大成功だな）

各テーブルに一応小鍋は配ったものの、もともとバイキング的な楽しさを狙った品だったのだ。

（――ん？）

何やら子供に交じって背の高い男が一人……。

（……高星）

たしかに皇太后の孫ではあるが、いい大人が子供に混じって阿呆《あほ》かと思う。しかも一番人気のタコ型に飾り切りした腸詰めをちゃっかり串に刺している。目が合うと、高星はにこりと笑った。

(やれやれ)

正規は呆れて肩を竦めた。

大騒ぎのチーズフォンデュが終わると、ついにメインディッシュのカレーだ。

前世の感覚では、メインディッシュにカレーは合わないが、皇帝の指定だからしかたがない。

マイルドにアレンジしたカレーは皇太后のみならず、子供たちにもとても受けた。子供がカレー好きなのは、万国共通かもしれない。

「さっきの乳酪《チーズ》をかけてみたらどうかしら?」

という皇太后のアイデアも早速試してみて、当然のように大受けした。

そして最後にデザートが来る。

広間の緞帳《どんちょう》を下ろし、琴楽隊が厳《おごそ》かにハッピーバースデーを奏で始めた。正規が教えたその曲の調べに乗って舞台へと運び込まれたのは、巨大なバースデーケーキだ。

しかも見栄えを重視して、バースデーというよりは、ウェディングケーキのように真っ白なクリームをデコレーションし、三段重ねに積み上げ、さらに野苺と蠟燭《ろうそく》で飾り立ててある。

皇帝のエスコートで、皇太后は舞台上へと連れていかれた。

「まあ……これはいったい……？」

「生日蛋糕《バースデーケーキ》ですわ」

舞台上で待っていた皇后が答えた。

「蠟燭は年齢と同じ数だけ立ててございます。すべて吹き消していただくと、一年間息災でいられるそうです」

「本当にそんなにあるの？」

「ございますよ。私も一緒に数えたので間違いありません」

「どうぞ、母上」

皇帝が促し、皇太后が蠟燭を吹き消すと、広間が暗くなる。正規が率先して拍手すると、それが部屋中に広がった。

「まあ、なんだか気恥ずかしいわね」

と言いながら、まさに主役といった立ち位置で讃《たた》えられ、皇太后はまんざらでもなさそうだ。

緞帳が上がり、再び広間に陽射《ひざ》しが戻ってきた。

バースデーケーキは御膳房の職人の技で、一切れに一つ以上苺が載った形で美しく切り分けられ、全員に配られた。

「今日はとても楽しかったわ」

ケーキを食べ終わると、皇太后は微笑んで皇后に問いかけた。

「全部あなたが考えたの？　それとも陛下？　料理長かしら」

「皆それぞれ案を出しあいましたが、最も働いてくれたのは、私の侍女です」

「どの子かしら。私から褒美をあげたいわ」

「感謝します、義母上。光栄ですわ。──婉婉」

え、マジで──と、思った。皇帝に許可を得て侍女になったとはいえ、高星暗殺未遂事件の犯人として、一度は辛者庫に送られた身なのだ。それをあっさり皇太后に紹介するなんて。


けれどもたしかに皇后はそういう性格なのだった。

呼ばれた以上、拒否はできない。

正規は皇太后の前に進み出て、平伏した。皇后が紹介する。

「先日から私の侍女になりました董《とう》婉婉です」

「皇太后陛下にご挨拶いたします」

「董婉婉……？」

皇太后が眉を顰《ひそ》める気配がした。

「おまえはたしか高星を……」

思わず正規は顔を上げた。

「誤解なんです……！　私は無実です！」

そしてはっとして再び頭を伏せる。

「私は高星殿下を暗殺しようなどとはしておりません。ご褒美のかわりに、何卒《なにとぞ》私に証《あかし》を立てる機会をお与えください……！」

「無実？」

「……無実の証を立てられる、と申すのか」

「はい」

「……婉婉」

皇帝が強く窘める口調で正規を呼んだ。

「めでたい席に言うことではない。わきまえろ。そもそも皇后によって辛者庫から救い出され、侍女にまで取り立てられて、何が不満なのだ」

「不満ではありません。けれど無実なのにそれが正されないのは……！」

間違っている、と言いかけて、正規はその言葉を呑み込んだ。正規の有罪は、皇帝が判断したことだ。この世界で皇帝を否定するということは、首が飛ぶかもしれないということ。

けれども皇帝は、その続きを察していた。

「おまえを罰したのは、朕の過ちだと言うのだな？」

「い……いいえ、決してそういうわけでは」

正規は青くなって言葉を探す。

「……ただ、皇太后様はご褒美をくださるとおっしゃいました。……でしたら、ぜひ今ひとたびの余興を」

「余興？」

「裁判を開いていただきたいのです」

「裁判？」

この世界にも、裁判に似たものはある。けれどやはり、正規が前世で知っていた裁判とはずいぶん違うのだ。

三権が分立していないし、専門知識を持ち、被告人を代弁する弁護人のような職業が確立していない。科学捜査が発達していないからしかたがない部分もあるとはいえ、拷問が許され、それによる自白が証拠能力を持ってしまう。

そうではないきちんとした形式の疑似「裁判」を開けば、正規の言い分も聞いてもらえるのではないか、すべてをつまびらかにすることもできるのではないかと思うのだ。

「被告……この場合は私が、有罪か無罪かを、公の場で裁判官が判定するのです。決まった形式に則って、有罪側には検察官が、無罪側には弁護人がつきます。それぞれ証拠や証人を用意し、拷問などはなく、あくまでも議論によってどちらが正しいかを決めます」

「なあに？　その検察官とか弁護人とかいうのは」

皇太后が問いを挟んでくる。この世界にない概念には、説明がいるらしい。ここから正規は法律用語には注釈を加えながら話を進めることになった。

「つまり、朕の裁定が不服だったのとどう違う」

「まったく違います……！」

本当は違わないが。

「私の無実だけでなく、真犯人を明らかにするために、その裁判官を陛下にお願いしたいのです。陛下の愛する高星殿下を殺そうとした者がいるのですよ。もし私が無実で、真犯人が野放しになっているとしたら、危険だとは思われないのですか……!?」

実際やられかけたばかりなのだ。この言葉は効果絶大なはずだった。

緊迫した空気が流れる。ここで皇帝が機嫌を損ねたら終わりだ。

やがて彼は言った。

「朕が裁判官なら、検察官と弁護人とやらは誰がやる？」

（……よし！）

承知したわけではないが、完全拒否でもない。上手く持っていけば、皇帝の了解を得られるかもしれない。

微かに希望は灯ったが、しかしここからどう彼を乗せたらいいのかは、さっぱりわからなかった。なにしろこんな展開になるとは、つい先刻まで予想もしていなかったのだ。

「……検察官は、慎刑司のかたに」

検察というよりは警察に近い部署なのだろうが、この世界では一番ふさわしいと言わざるをえない。

「弁護人は？」

「それは……」

この世界には弁護士に相当する職業がない。前世では、法律に明るくなく弁舌も振るえない一般人の利益を代弁する、重要な役なのに。そして今の正規にとっても、一番大事な役職なのに。

（俺は自分でやれるからいいけども……！）

変則的だが前世でも弁護人なしの裁判はありえたし、多弁な被告もいないわけではなかった。それの亜種だと思えば。

「……不本意ながら私が自ら……」

「私が務めますよ」

（は？）

その聞き覚えのある声に、正規は耳を疑った。

高星が席から進み出て、皇帝に一礼した。

「おまえは被害者であろう？」

「ええ。けれど婉婉に頼まれて……こちらも後ろめたいものですから、捜査に協力したところ、事件にもっとも詳しい男になってしまいました。私以上の適任はいないと思いますが、いかがでしょう、父上」

被害者が弁護人をやる？ そんな馬鹿な話は聞いたことがないし、皇帝が通すはずがない。

「この娘のやることなら、さぞ面白いのでしょうね」

そこへおっとりと割って入ってきたのは、皇太后だった。

「少々興味が湧いてきました」

「母上……」

皇帝が呆れたように声をあげる。

「それで、私たちの役はないの？」

「あ……ございます！」

その瞬間、閃いた。

これは使えるかもしれない……！

「裁判とは、すなわち劇のようなもの」

正規は言った。

「いつもは見ているだけの演劇の舞台に、立ってみたいとは思われませんか?」

妃嬪たちにざわめきが起こった。

「主役は裁判長。そして後宮の皆様に演じていただきたいのは、陪審員という役です。選ばれた十二人ほどのかたがたが裁判に同席し、有罪か無罪かを考えます。最後に取り纏められた評決は、裁判長の判決にも大きく影響を及ぼす大切な役でございます」

日本では未だあまり定着した制度ではないため、若干うろ覚えのまま説明する。

皇帝の力を削げるという意味で、陪審員はいたほうがいい。しかし何より大切なのは、皇太后をはじめ皇后や妃嬪たちを登場人物にしてしまうことだ。

後宮の面々は、演劇が大好きだ。今日の誕振は勿論、しょっちゅう役者を招いては京劇などを上演している。一度くらい、自分が舞台に立ってみたいと思わないはずはない。

「そして事件に関係するかたには、特別な役があります。証人として、中央にある証言台に立っていただき、弁護人役の高星殿下に尋問していただきます」

正規がそう言った途端、妃嬪や侍女たちのあいだで華やかなさざめきが起こった。高星の無駄な人気が、ここへ来てやっと役に立ってくれそうだ。

「玄傑《げんけつ》」

皇太后は苦笑しながら皇帝を呼んだ。

「褒美をやると言ってしまったのでね。私のために、この娘の話を聞いてやってはくれまいか？」

皇太后が味方についてくれるとは思わなかった。思わず顔を上げかけた正規の頭の上に、皇帝の言葉が降ってきた。

「誕振でのほかならぬ母上のお言葉、承知しました。けれどそもそもこれは母上の褒美。裁判長役は母上にお譲りいたしましょう。陪審員は妃嬪たちに」

「まあ、それではあなたは？」

「朕は検察官とやらを務めるとしましょう」

（――皇帝が有罪側に立つ）

勿論、敢《あ》えてのことに違いなかった。

ぞくりと背筋が震えた。

皇太后や妃嬪たちを懐柔し、外堀を埋めるように承知させてしまったこと、皇帝は屈辱に感じ、物凄く怒っているのではないか。裁判では容赦なく潰されるのではないか――そんな不安が脳裏を過る。

「面白そうね」

皇太后は無邪気に笑った。

「では、その裁判とやら、暢声閣《ちようせいかく》でいたしましょう」

（暢声閣……って）

紫禁城《しきんじょう》における暢音閣《ちょうおんかく》のことではないのか。暢音閣は、三階建ての巨大かつ由緒ある大劇場だ。

——問、西太后《せいたいごう》が毎日のように京劇を上演させた紫禁城内の建物をなんというか。解答、暢音閣。

紫微城《しびじょう》における暢声閣とは、

正規はひさしぶりに脳内クイズをした。ちなみにこれは引っかけ問題で、「観劇したのはどこか」なら解答は閲是楼《えつぜろう》になる。同じ建物内で高貴な人々が役者から見下ろされるのを避けるため、すぐ向かいにある別の建物から観劇したのである。

(なんか……凄く大ごとになりつつあるような)

自ら望んだこととはいえ、内心戦慄を覚える。

「董婉婉」

皇帝は正規の名を呼んだ。

「後日改めて席を設ける。その裁判とやらの準備を整えよ」

「あ……ありがたきしあわせ……！」

正規は再び平伏した。

「まったく、君はなんてことを……」

誕振のあと、高星にはひどく呆れられた。

(タコ型ウインナーに飛びついてたやつに言われたくないけど)

と、正規は思う。

「あんなことを言い出すとは思わなかった。本当に何をしでかすかわからないな。父上の機嫌が悪ければ首が飛ぶところだったんだぞ」

君は本当に董婉婉なのか――という目を向けられるのも何度目になるだろう。

「公正な裁判によって無実を明らかにできるんですよ。上手くいったと思うんですけど」

実は怯んでいなくもないことは隠して、正規は答えた。高星はため息をついた。

「公正……ね」

「すべてがつまびらかに開示されれば、無罪の判決を下すしかなくなるはずでしょう?」

「無謀だ」

だが高星は言った。

「父上には勝てない」

だったらなぜ弁護人役を引き受けてくれたのかと思う。誕振の席で一応皇帝の問いに答えてはいたけれども、逃げることだってできたはずなのに。

ともかく、正規は急いで「裁判」の進行を纏めた書類を作った。実際に経験したことがあるわけではないから、知識の及ぶ限りの略式のものにはなるが、基本は押さえたつもりだ。

ようやく文字は書けるようになっていたとはいえ、正規にはなかなかの重労働だった。侍女の仕事をこなしながら、青女《せいじょ》や長春宮《ちょうしゅんきゅう》で一緒だった李可馨《りかけい》などをつかまえてはわからないところを聞いた。

「――え？」

そして裁判前夜。

その話を教えてくれたのは、高緯だった。

「翠薇が死んだ……!?」

正規は愕然とした。

「知らなかったのか？　とうに耳にしてるかと思っていたけどな」

時間があれば手伝ってあげてちょうだい――という皇后の一声で、高緯もまた裁判の書類を見てくれていた。

正規は首を振った。

「……いつ、どうして」

「誕振のすぐあとらしい。俺が聞いたのは昨日だがな。拷問で責め殺されたそうだ」

「――……」

　言葉が出てこなかった。

（……ひどすぎる。裁判もなく拷問死なんて）

　後味が悪いなどというものではなかった。しかも正規自身、一歩間違えば同じ目に遭っていたかもしれなかったのだ。

　それに翠薇の証言がないとなると、裁判もどれだけ不利になるか。

（決定的な証言が得られなければ、瑛妃を追及することができない）

「高星から聞いてなかったのか？」

　正規は頷いた。

（何度も会って、裁判のための打ちあわせだってしてるのに）

　なぜ、高星は教えてくれなかったのだろう。この件にさほど興味のない高緯の耳に入っているくらいなら、高星だって知っていたのではないか。

「これでこの件、どこにも繋がらなくなったな」

「……瑛妃様を追及するのが難しくなりました」

「瑛妃か……」

「もともと動機が薄かったのに」

「瑛妃には公主しかいないからな。父上の寵愛を廻って窈貴妃に嫉妬していたという可能性はあるが」

でもそれでなぜ、矛先が高星に向くのかわからない。正規はため息をついた。

「動機も手段も、翠薇なら知っていたはずなのに……」

「瑛妃が殺して口封じしたのかもな」

「え……⁉」

正規にとっては思いもよらない言葉だった。

「拷問で死ぬのはめずらしくないとはいえ、瑛妃に都合がよすぎるだろう？」

そんなことは、正規ならとてもできない。瑛妃にとっての翠薇は、正規にとっての春花《しゅんか》のようなものではないのか。

「自分の侍女を……⁉」

けれどこの世界では、侍女の命はとても軽い。

「または高星が」

「高星、殿下が？」

一瞬、何を言われたのかわからなかった。

「翠薇は高星とつきあっていたと言っているんだろう。それが本当だとしたら、面倒になった高星が、この機会に翠薇を始末したという可能性もある」

「まさか」

もともと女好きと評判の彼にとって、翠薇との仲が醜聞になったとしてもさほどダメージはない。わざわざそんなことをするとは思えなかった。

そもそも細工師を見つけてくれたのも、翠薇を突き止めたのも高星なのに。彼がいなければ翠薇までたどり着くことさえできなかった。

（……だけどそれだけに、何一つ俺自身が確認したわけじゃない……）

確認のしようもないから、すべてがでたらめだったとしても、正規にはわからなかっただろう。

（打ちあわせで何度会っても、翠薇が獄死したことを教えてくれなかったのはどうして？）

これまでその可能性をまったく考えていなかったけれど、高星はそれほど信用できる男だっただろうか。最低な男だと、彼に復讐するために入宮したくらいだったのに？

もし翠薇の言うことのほうが本当で、昔二人がつきあっていたとしたら？　厩舎での待ちあわせも本当にしていたとしたら？　自作自演だったから、毒針にも気づけたとしたら？

（別れたいのにしつこい翠薇が邪魔になって、罪を着せて排除しようとしたのだとしたら）

推理小説なんかでは、掃いて棄てるほどよくある動機だ。

なんだか急に世界がひっくり返ったような気がして、正規はひどい頼りなさを覚えた。

(だとしたら、御望亭の件も翠薇は無罪で、真犯人はほかにいることになる……？)

まさかと思う。高星は婉婉を棄てた男だが、そこまで卑劣な男ではないはずだ。何度も助け船を出してくれたこともあるし、心配して明山《めいざん》まで来てくれた。自分の身を危険にさらしてまで犯人を炙り出そうとしてくれた。――いや、これは高星が翠薇を始末したとしたら、意味がなくなるのか。

(でもまさか)

正規は、心に芽生えた小さな疑いを、強く打ち消そうとしている自分に気づいた。

(ああ……俺は高星を信じたいのか)

正規の中に残る婉婉の思い――ではない。これは正規自身の気持ちだ。婉婉はいつからか、どんなに高星に接近しても顔を出さなくなっていた。いつのまにか、成仏したのだと思う。

(……俺、前世でも友達いなかったからな……)

だから何度も会って話をするうちに、友達ができたような気持ちになっていたのかもしれなかった。

でも、それも都合のいい勘違いだったのだろうか。

十二

「今から董婉婉《とうえんえん》に対する、第二皇子高星《こうせい》殺害未遂事件の裁判をはじめます」

裁判長役の皇太后が厳かに宣言した。

「被告人は前へ」

裁判は、皇太后の意向どおり、暢声閣《ちょうせいかく》で開かれた。

舞台には法廷が設えられ、陪審員席や傍聴席にはすでに妃嬪たちが着席していた。皆、これでもかと煌びやかに着飾っていて、今日は紫微城《しびじょう》は大変な人ですこと——なんて科白さえ聞こえてきそうだ。香の匂いが混ざりあって、少しくらくらするほどだった。裁判を開かせるため必死だったとはいえ、やはりちょっと何かを間違えたような気もする。

(裁判っていうのはもっと厳粛な——厳粛な……)

まあいいか、と肩を落とす。どうせ今さら手遅れだ。

「姓名と所属を述べよ」

皇太后には聞かれるままに教えたため、ややそれらしい黒い旗袍を纏っている。その話が伝わったのか、皇帝も。漆黒のマントが妙に禍々《まがまが》しく感じられるのは、これからはじまる裁判に、どこかで恐れを感じているからなのかもしれなかった。

だが、怯んでいる場合ではない。

「董婉婉。鳳仙宮《ほうせんきゅう》、皇后様付きの侍女です」

「ええと、次は……検察官……は、起訴状を朗読せよ、ね」

そこまで読んで、彼女は小さく笑った。

「どう？　さまになっているかしら？」

「ええ、母上」

参加者には、正規《まさき》の作った進行表を配ってある。それをもとに皇太后が裁判を進めた。董婉婉という一人の女性の将来がかかっているというのに、彼女は面白がっているようだった。

(暇を持て余した神々の遊び——か)

皇帝や皇太后にとっては、演劇というより人形使いのように正規——婉婉のような一般人を使って遊ぶ、目新しいゲームなのかもしれなかった。

(駒になってる身にはたまったもんじゃないけど)

納得してはじめたこととはいえ、有罪判決が下れば、皇帝の一声で処刑だってありうるのだ。

（勝たないと）

「起訴状」

検察官役の皇帝が立ち上がり、読み上げる。

「被告人董婉婉は、麗花園内御望亭《れいかえんごぼうてい》の新築を祝う宴において、配膳係に指名されたことを利用し、かつて棄てられた恨みから、元婚約者である第二皇子高星の料理に鶴頂紅《かくちょうこう》を盛り、殺害しようとしたものである。罪名及び罰条、殺人未遂、大真律例《たいしんりつれい》」

大真律例とは真《しん》国の法律、鶴頂紅とは、砒素《ひそ》のことだ。太医の分析によりすでに判明していた。

皇太后は頷いた。

「これから審議に入るが、被告人には黙秘権が認められている。答えたくない質問には答えなくてよいし、言いたいことがあるときは許可を得て発言することができる」

「なんだ、それは？」

皇帝が呆れたように言った。彼に渡した書類にも書いてあるはずだが、自分のところ以外は斜め読みしたらしい。

「拷問はなし、答えたくないことは答えなくていい、だと？　そんなことで罪を暴けるものか。脚本がなってない」

誹《そし》られてむかついたが、じろりと一瞥《いちべつ》されると体が固まる。しかし怯んでいるわけにはいかない。

「裁判長、よろしいでしょうか」

正規は皇太后に許可を求めた。

実際、科学捜査が発達していない時代には、厳しいだろうとは思う。正規自身、検事を志望していたのは、悪人には相応の処罰を受けさせるべきだと思うからだ。けれども有罪が証明されない限り無罪――という原則は、守られなければならない。

「わたくしめの脚本が至りませず、大変申し訳ございません。しかしながら裁判において、被告人は有罪が確定するまでは無罪と見做されます。そもそも『やってない』ことを証明するのは非常に難しいからです。犯罪者ではない以上、権利は認められねばなりません。おわかりいただけますか？」

皇帝は苦虫を嚙み潰したような顔をする。頭がいいだけに、理解できてしまうのが忌々しいのだろう。

「三流脚本家め」

吐き棄てたが、それ以上強引に主張を通そうとはしなかった。そのことに、正規は皇帝の良識を見た気持ちになるが、さらに機嫌を損ね、闘志に火を点けてしまったかもしれない。

「続けていいかしら？」

皇帝を置き去りに、皇太后は話を進めた。

「ただし答えたことはすべて証拠となる。よく考えて答えるように。被告人は、今述べられた罪状に関して、何か言いたいことはあるか」

「無罪を主張します。私は高星殿下を殺そうとしたりしていません」

「弁護人の意見は？」

高星が立ち上がった。こちらは対照的に白を基調とした華やかな装いで、きらきらと輝くようだ。よく似合ってはいるのだが、一応説明はしてあるはずなのに、やはり何かを履き違えているとしか思えない。

「被告人と同じです。裁判を通して、被告人が無罪であり、真犯人はほかにいることを明らかにします」

真犯人、という言葉に、陪審員席と傍聴席がざわめいた。陪審員は本件に直接関係のない妃嬪たちから選ばれており、それ以外の妃嬪や皇子、公主たちが見物——傍聴に来ている。

正規自身、驚いた。高星は真犯人を推定する、だけでなく、証明することまでできるつもりなのだろうか。翠薇《すいび》が死んだのに？

「それでは検察官は、ええと……冒頭陳述？　を」

見慣れない単語に引っかかりながら、皇太后は促した。皇帝が立ち上がった。

「検察官が証拠により証明しようとする事実は以下のとおりである。第一に……」

被告人の身上、経歴から高星との出会い、犯行に至る経緯、状況まで事細かに説明される。幼なじみであり、よく一緒に遊んでいたとか、船遊びに出て転覆事故に遭い、婉婉に怪我をさせて傷跡が残ったため高星が責任を取るかたちで婚約したとか。

高星の話題に、傍聴席はひそひそと賑《にぎ》わっている。皇帝の妃嬪であっても、恋話には興味があるし、イケメンにはときめくらしい。

正規が知らなかった話もあった。

(そういえば、胸の下あたりに小さい傷があったっけ……)

今はもう自分のものとはいえ、もとは婉婉の体だと思うと気が引けてあまり注視したことはなかったのだが、あの傷は高星と遊んでいたときにできたものだったのか。

高星は、古井戸に落ちたこともあると言っていた。鈍くさいのかなんなのか、いろんな目に遭いすぎだと思う。

(いや……)

——ほかにも亡くなった弟たちは何人もいる。後宮とはそういうところだからな
そう言っていたのは高緯《こうい》だが、もしかして高星のこれも同じことなのではないか?

(……それにしてもよく調べてある)

さすがにいくらでも人を使える立場にいるだけのことはある。

「――量刑に関して考慮すべき点。被告人の動機は身の程知らずな逆恨みであり、被害者に落ち度はないこと、無罪を主張し反省が見られないこと、そして何より皇族への犯罪であること、以上」

冒頭陳述が終わると、いよいよ検察側証人尋問がはじまる。

「第二皇子は証人台へ」

正規の弁護を引き受けておきながら、検察側証人として尋問される。ねじれた現象だが受け入れざるをえない。

高星が証言台に立った。

「宣誓してください」

「これを読めばいいんですよね？……宣誓、良心に従って真実を述べ、何事も隠さず偽りを述べないことを誓います」

「宣誓した証人が嘘を述べると、偽証罪に問われることがあるので注意してください」

「はい」

（……よし）

まあまあ裁判らしいかたちができてきた。高星が陪審員席に手を振って受けを取っているのはともかく――まったく何をやっているのか――証人が登場するここからが本番だ。

皇帝が検察官席に立ち、尋問を開始した。

「おまえはその気になればもっと名門の娘でも、もっと美しい娘でも選べる立場にありながら、被告人を選び、婚約したのはなぜだ？」

「かねてから彼女とは幼なじみで気心が知れており、穏やかな性質を好ましく思っていたので、婉婉の怪我をきっかけに、母の勧めもあって決めました」

（そうか……）

窈貴妃《ようきひ》の勧めだったのか！　正規は初めて知った。

董将軍が生きていた頃は、非常によい縁談だったのだ。窈貴妃も満足するくらいの。

「気に入っていたのに、婚約破棄したのは？」

「……個人的なことで」

「容姿が気に入らなかったからだという噂があるが？」

「……そういうわけでは」

「ではなぜそんな噂が蔓延《まんえん》したと思う？」

「それは……わかりませんが、彼女の兄上から顔が気に入らないのかと詰め寄られ、答えずに振り切って帰ったことが憶測を生んだのかと……」

「被告人に恨まれていたと思うか？」

「……はい」

「殺したいほど？」

「……はい」

（くそ皇子）

事実のとおりに答えたのだろうが——それは裁判には大切なことではあるのだが、こういう証言は正規には不利になる。

「裁判長」

正規は発言を求めた。

「私に反対尋問をお許しください。高星殿下がご自分でご自分に尋問するわけにはいきませんので」

「許可します」

「感謝します」

正規は膝を折り、反対尋問を開始した。引き出したいのはただ一つ、正規——婉婉の心証を少しでもよくする言葉だ。

「たとえ殺したいほど恨んでいたとしても、被告人は人を殺せるような女性でしたか？」

その言葉に、高星ははっきりと答える。

「いいえ」

「終わります」

正規は被告人席に着席した。

続いて、皇太后があらかじめ届け出られた次の証人を呼ぶ。

「静貴人《せいきじん》は証言台へ」

妃嬪の一人が証言台に立った。だいぶ古株のほうだと思われるが、彼女もまた着飾り、重要な役に頬を紅潮させながら落ち着かないようすで周囲を見回している。

皇帝による証人尋問が開始された。

「御望亭の宴の日に見たことを述べよ」

「はい。あの日、私は陛下や皇太后陛下とともに新築の御望亭の中を見てまわっておりました。建ったばかりで初めて訪れたものですから、見るものすべてが目新しくて、特に私が素敵だと思ったのは――」

放っておくといつまでも続きそうな喋りだと思ったが、これが本当に続いてしまう。

(大阪のおばちゃんか)

妃嬪もお姫様のような女性ばかりではないらしい。

(「静」って封号はわざとなんだろうな……)

裁判の概念がわかっていないから、要点がどこなのかもわかっていないということもあるだろうけれど。

「――それで最初は皆一緒にいたのですけれど、見晴台に出てからは皆ばらばらになっておりました。あの日はよく晴れておりましたし、それはもうすばらしい景色だったんですけど何せ陽射しが強かったでしょう、涼しいところへ行きたくて、陰を求めて屋内のほうへ戻ろうとしたのですわ。そうしたらちょうど配膳係の宮女たちが料理を運んでくるところで、つい興味を惹かれて、だってどんな料理が出るのかって気になるじゃないですか。その日は私の好物の――」

「おまえは本当にダボハゼのようだな」

「まあ、あんまりですわ、陛下！」

ある意味面白いが、裁判でこれをやられてはたまらない。前世の法廷なら、裁判長か検事から注意が出るところだろうが、相槌《あいづち》を打っているようでは――と思ったときだった。

「いいから、広間で何を見たのか申せ」

皇帝がようやく遮った。

「宮女の一人が、何か粉のようなものを器に振りかけるのを見ました」

「その宮女はこの中にいるか？」

「はい」

「指を差せ」

静貴人ははっきりと正規を指差した。

「たしかにこの董婉婉に間違いないか？」

「間違いございません」

「しかしちらっと見ただけだったのだろう？　よく顔を覚えられたな？　もともと知っている顔だったのか？」

そこはたしかに疑問だった。検察側の証人の信頼性は崩しておくに越したことはない。

高星とも、反対尋問で突っ込むように打ちあわせしてあったのだけれど。

「いいえ。それまで見たこともありませんでした」

と、静貴人は答えた。

「ではなぜ覚えていた？」

「それは……その……」

お喋りな女性が初めて口ごもる。

「宣誓したはずだ。正直に答えよ」

「……はい。あの……宮女の顔があまりに……不器量だったので、一目で覚えてしまいました」

（……っ）

周囲から失笑が漏れた。

——まあ、あれではたしかに……ねえ
——私でも覚えたかも
妃嬪たちがくすくすと笑い、囁きあう。正規は振り向いて、きっと睨んだ。嘲笑されているのは婉婉の容姿だが、おそらく前世の自分の容姿であったとしても同じことだっただろう。

(そりゃあ皇帝の妃たちなんて美人揃いかもしれないけど、他人の容姿を馬鹿にするなんて、してはならないことじゃないのか)

けれどもそんな前世の常識など、ここでは通用しないのだ。

「――静粛に！　……と言うんだったかしら？」

ふふふ、と皇太后は笑う。その言葉で、ようやく静かになる。

尋問が再開された。

「では、不審な行動を目撃したにもかかわらず、そのときすぐに報告しなかったのはなぜだ？」

「それは……」

そこも、こっちで突っ込むつもりだったのに。

目が合って、高星が肩を竦めた。

「何をしていたのか、そのときはよくわからなかったので……。余計なことを言って宴に水を差すのはよくないと思ったのですわ。だって――」

「もしも毒にあたって誰かが死ぬようなことにでもなったら……とは考えなかったのか？」

「そのときは毒だとまでは思ってなかったのです。だってそんな物騒なこと、咄嗟に思いつきませんわ」

「むしろ誰か死ぬならそのほうがいい——などと思ったのではないか？」

問いかけを聞いた瞬間、ぞくっとした。

妃嬪たちは寵愛を争うライバルだし、皇子たちは皇位を争うライバルだ。消えてくれれば、それはラッキーなことなのだ。

「まさか……！」

静貴人は声をあげたけれども、華やかな後宮の闇を暴くような言葉には、それだけにリアリティがある。証人の証言が信憑性《しんぴょうせい》を増す。

「とんでもないことでございます。私は決して——」

「主尋問を終わる」

皇帝が席に戻った。

「では、反対尋問を」

「はい」

代わって高星が立った。

「それでは反対尋問をはじめます。よろしくお願いします、静貴人」

こんなときまで微笑を浮かべて愛想を振り撒く。

「あなたは、被告人が粉を料理に入れるのを見たと言いましたね。その粉は、どの皿に盛られたか見ましたか？」

「距離があったのではっきりとは見えませんでした。でも」

「では、どんな入れ物に入っていましたか？」

また静貴人が余計なことを言おうとするのを、高星は上手く切り上げる。

「入れ物というか、薬包紙でした」

「中身が鶴頂紅だったと確信を持って言えますか？　別の粉であったとしてもわからなかったのではありませんか？」

「……たしかに、わかっていたらさすがに報告してますわ。でも白い粉でしたし、あのあとあんなことがあったのにほかに考えられます？　第一……」

「確信を持って鶴頂紅だったとは言えないんですね？」

「でも」

「はいかいいえで答えてください」

「……言えません。でもほかに何を入れたというんです？」

あのとき、下剤を入れた器を太医に調べてもらっておけばよかったのだ。そうしたら、正規が使ったのがただの下剤で、毒とは別の器に盛られていたことが証明できたはずだった。それはそれで罪にはなるだろうが、実際自分がしでかしたことだし、鶴頂紅とは重さがまるで違う。動揺して思いつかなかったことを後悔しても遅かった。

「裁判長。調書によると、被告人は鶴頂紅ではなく下剤を混入したと証言しております。そのことを明らかにするために、新たな証人を召喚したく思います。ご許可を」

「許可します」

かわって証人台に呼ばれたのは、長春宮《ちょうしゅんきゅう》御膳房にいた頃の先輩宮女と、続いて辛者庫の奴婢だった。

先輩宮女からは所持していた下剤を婉婉に売ったこと、奴婢からは宴の日に下げ渡された食事を口にしたあと下痢を起こしたことが語られる。二人とも緊張のあまり、先刻の静貴人とは逆に、口をきくのもやっとという感じだった。これだけ貴人に囲まれて尋問されれば当然かもしれなかった。取って食われるわけではないのに――と思うが、ここは中華後宮。粗相があれば、取って食われるより恐ろしいことが待っているかもしれないのだ。

「はい、腹は丈夫でございます。……下痢をしたのは、あのときが初めてでした。はい、それまではまったく。下剤のせいだったと言われて、なるほどそうだったのかと腑《ふ》に落ちました」

「以上の証言を以《もっ》て、被告人が混入したのは鶴頂紅ではなく下剤だと推察いたします。終わります」

「検察官、何かありますか?」

促され、皇帝は鼻で笑った。

「推察――たしかにな。証明したとまではまったく言えぬな。そうだろう、朕の陪審員たち」

皇帝が視線を向ける。

「ですわよねえ……」

「たしかに」

陪審員席の妃嬪たちはそのとおりだと囁きあう。やがて拍手が起こった。舞台を使いこなしていると言ったらいいのか、人前で演説して気持ちを摑むのに慣れていると言ったらいいのか……正規は頭を抱えた。

実際、皇帝の言うとおりだった。これはいわゆる状況証拠というやつだ。無罪を勝ち取るには、これだけでは弱いのだ。

続いて沈《しん》太医が証言台に立った。

御望亭で使われたのが鶴頂紅であること、非常に毒性が強いこと、犯人には明確な殺意があったと思われることを証言した。

地味な証人や専門的な話が続き、このあたりになると陪審員たちもだいぶだれてきていた。

（そりゃそうだよな……）

大役であるかのように騙《かた》って陪審員役を振ったものの、実際にはただ聞いているだけなのだ。退屈にもなるだろう。とはいえ、判決に影響を及ぼす役なのだから、きちんと聞いていて欲しいのだが。

そう思った頃、高星が反対尋問に立ち、彼女たちに微笑《わら》いかけた。

「そろそろ美しいものを見て、気分を変えていただきましょう」

その一言で、妃嬪たちの集中力が戻ってくるのを感じた。

もしかして高星が華美な装いで登壇したのは、こういうときのためのものだったのだろうか。

(それにしても、自分で自分のことを美しいなんて……)

たしかに美しいかもしれないが。

と、思ったが、違ったらしい。

反対尋問で、高星は翡翠の腕輪を取り上げた。すでに証拠として提出してあったものだ。

「この腕輪には、このように金細工の飾りの部分を回すと、中に小さな空間ができて、何か——たとえば粉や薬のようなものを入れることができるようになっております」

そう示すと、妃嬪たちがざわめいた。やはりとてもめずらしいことなのだろう。

「沈太医。この腕輪の細工の部分、中に微かに粉が残っていますね。この粉がなんだかわかりますか?」

「はい。これはたしかに鶴頂紅です」

「御望亭で使われたのと同じものですね？」

「はい」

「誰でも簡単に手に入るものですか？」

「太医院にもありますが、厳重に管理されております。それ以外にも入手方法はあると思いますが、購入にはそれなりの伝手や資金が必要であると思われます」

「以上の証言から、鶴頂紅はこの腕輪の細工を使って盛られたものであり、薬包によって注がれたものではないことが推定されます。被告人は一介の宮女に過ぎず、鶴頂紅を手に入れる手段を持ちません。また、被告人は入宮してから一度も城外に出ておらず、面会人もなかったことは記録により証明されており、外部から鶴頂紅を持ち込むことは不可能です。よって被告人は無罪であると主張します。終わります」

これで主張が通るならいいのだが。

「検察官、何かありますか？」

「……沈太医。『同じ毒』というのはどういう意味だ？」

「同じ種類の毒という意味でございます」

「種類が同じというだけで、腕輪の毒が必ずしも御望亭で使われたとは限らないということだな？」

「はい」

「以上だ」

再び拍手が起こった。


被告人質問には、宣誓がない。自分に不利なことは嘘の供述をしても偽証罪に問われることはないからだ。


正規が証言台に立つと、弁護側から尋問がはじまった。

「あなたは結婚の約束を反故《ほご》にされたことで、被害者を恨んでいましたか？」

「はい。復讐したいと考えていました」

「にもかかわらず、殺害しようとまでは考えず、下剤を混入しただけで鶴頂紅は用いていないと証言していますね。なぜですか？」

「理由は二つあります。一つには、毒薬は手に入らなかったからです。配膳係に決まったのは急なことでしたし、伝手もお金もありませんでした。下剤は、長春宮御膳房の先輩から、自分で使うと偽って買いました。もう一つは、やはり人殺しには抵抗がありましたし、私自身が命を奪われたわけではないので、そこまでやるのは公平ではないと思いました」

実際には、婉婉は自殺するほどの苦しみを味わったのだが。

「下剤なら公平だと？」

高星は苦笑のようなものを浮かべる。

「軽すぎるとは思いましたが、ほかに手に入らなかったのでしかたありません」

「下剤を混入したあと、包みはどうしましたか？」

「見晴台からこっそり外に棄てました」

「では次に、証拠品の腕輪についてうかがいたいと思います。あなたがこの腕輪を手に入れた経緯を説明してください」

「はい。私は杖打ち三十回の刑を受けたあと辛者庫へ放り込まれ、二日間寝込みましたが、その後肥桶洗いの仕事を命じられたときには、二日分の肥桶がすでに積み上げられていました。腕輪は、その一つを誤って倒したときに中から出てきました」

「それが御望亭で鶴頂紅を盛るのに使用されたと思ったのですね。その理由は？」

「これほど重いものを落として気づかないはずはありません。高価なものですし、すぐに拾わなかったのは理由があるはずです。不思議に思って調べているうちに、金細工の蓋の中に粉が残っていることに気がついたのです。鶴頂紅を盛った犯人が、証拠となる腕輪を肥桶に隠した――それがこの腕輪なのではないかと思いました」

「それからどうしましたか」

「持ち主を捜し、自分の無実を証明しようと思いました。その後、たまたま高星殿下と顔を合わせたときに聞いてみると、皇后様のものではないかと教えていただき、……たまたま皇后様の侍女に取り立てられた際にうかがってみましたところ、三人のご側室のかたがたに下賜なさったと」

「のちほど三人の側室のかたがたにも尋問させていただきます。終わります」

続いて皇帝が反対尋問に立つ。その瞳は鋭いながらどこか楽しげに光っていて、正規はぞくりとした。

「辛者庫で腕輪を見つけたと言ったな。そのことを証明できる者がいるか？　近くにいた誰かが目撃したとか？」

「……いいえ」

捜査によって発見された証拠品と違い、証拠として弱いのはしかたのないことだった。たしかに犯行に使われた腕輪だと認めさせるには、地道に証言を積み上げていくしかない。

「鶴頂紅を手に入れる伝手も金もないと言ったな」

「はい」

「なるほど、一介の宮女には難しいかもしれないが……そういえばそなたには、かれえやら乳酪起士火鍋やら、めずらしいものを教えてくれる親族がいたはずだったな」

「は……」

「どこの誰だ？」

そういえば、遠い親戚に習ったと適当な嘘をついていた。それをこんなところで持ち出されるなんて。

「どこの州に住み、名をなんという？　親戚の住まいや名前くらい、簡単に答えられるであろう？」

「異議あり！　本件と関係ない事柄です」

高星が異議を申し立てたけれども。

「裁判長。被告人がその親族から鶴頂紅を手に入れることができたかどうかを検証するために、必要な質問です」

皇太后は頷いた。

「被告人、答えなさい」

正規は詰まる。実際にはそんな親戚はいないし、適当に答えても、調べられたらすぐ嘘がばれてしまう。いや、もう調査済みかもしれない。

「……黙秘します」

結局、そう答えるしかなかった。

被告人には黙秘権がある。それはそうだが、こういうふうにその権利を行使すると、さらに怪しく見えてしまう。

（まずい……なんとか挽回しないと）

質問は、鶴頂紅を購入するための資金の話へと移った。

「被告人の実家である董家は、今は不遇であったとしても、董将軍という重臣を出した家柄……鶴頂紅が買えないほど貧しくはなかろう？」

「いいえ、董家は恥ずかしながら、私に援助できるような状況ではございません。むしろ鳳仙宮に勤めるようになってからは、私のほうから少しばかりですが仕送りをしているくらいです」

「では、ほかの誰かから資金を渡されたのでは？」

「もらっておりません」

「そういえば……辛者庫にいたはずのおまえは、突然皇后の御膳房に召し上げられたのだったな」

「――っ……」

さらにまずい。

この流れだと、皇后が疑われてしまう。

皇后は本来、高星や窈貴妃とは対立する立場の女性なのだ。第一皇子の養母であり、窈貴妃とは皇帝の寵愛や権勢を争っている。そして腕輪も、かつては皇后が所有していたものだ。もともと正規自身、皇后を疑って、彼女に近づいたくらいなのだ。

そんな彼女が、事件のあと急に正規を取り立てたとなったら、もともと二人が通じていて、高星暗殺を企《たく》んだかのように見えてしまう。

正規は否定しようとした。

「それは私から皇后様に――」

「被告人は聞かれたことにだけ答えるのだろう？」

証言台に立った者が、尋問されていないことまで喋りたいように喋ってしまったら、裁判の秩序が保てなくなってしまう。自分で記述したルールを持ち出され、正規はぐっと黙った。

「被告人はこの腕輪を拾ったのではなく、ほかの方法で――たとえば誰かからもらうなどして手に入れ、鶴頂紅を盛るのに用いられたかのごとく捏造《ねつぞう》したのではないか？」

「違います……‼」

「異議あり！　憶測です」

「以上だ」

こんなことなら、正規のほうから策略を用いて取り入ったことを、最初から明らかにしておくべきだった。後ろめたさからできるだけ伏せておこうとしたのが仇《あだ》になった。

――背後にどなたかいらっしゃるんだわ。ねえお姉様

瑛妃《えいひ》が窈貴妃に囁くのが微かに漏れ聞こえる。

（おまえが翠薇にやらせておいて……！）

しかもその翠薇をも始末したかもしれないのだ。盗《ぬす》っ人猛々《たけだけ》しいにもほどがある。

再主尋問で皇后の侍女になった経緯を話し、次に皇后も証言台に立って決して共謀などしていないことを証言してくれたが、陪審員の不信感を拭うことができたかどうか。ただでさえ窈貴妃派の妃嬪のほうが多いというのに。

「はい、当時三人の妃嬪がほぼ同時に懐妊いたしましたので、祝いに腕輪を贈りました。瑛妃、寧嬪《ねいひん》、恵貴人《けいきじん》です。金の装飾はもともとありましたが、薬が入れられるような細工はいたしておりません」

「腕輪はたしかに三本だけでしたか？　四本目があったということは？」

「ありません」

「以上の証言から、犯人は自ら腕輪に細工をし、鶴頂紅を使用したと考えられます。よって三妃のうち、今現在腕輪をお持ちでないかたを特定する必要があるため、三妃には皇后陛下から賜ったその腕輪を持参していただけるようにお願いしてあります。――こちらへお持ちください」

瑛妃と恵貴人の侍女が腕輪を持ってきて、弁護人席の卓上に置いた。高星はそれを皇后の御前に運ばせる。

「皇后陛下。この二つの腕輪は、陛下が下賜なさったものに間違いありませんか？」

「間違いありません」

皇后は検分して答えた。

「寧嬪は？」

寧嬪は来てはいるものの、相変わらず心ここにあらずという感じでぶつぶつと何かを呟いている。

「寧嬪、証言台へ来ていただけますか？」

高星が促すと一応伝わったのか、ふらりと彼女は立ち上がった。侍女に支えられながら、証言台へ立つ。

高星は、証拠品の腕輪を寧嬪に見せた。

「あなたは、これと同じ腕輪を皇后陛下から下賜されたはずですが、その腕輪をどうしましたか？」

「あ……あ……」

その途端、寧嬪はわあっと号泣しはじめた。

「皇子が、私の皇子が……っあああっ」

「寧嬪様、落ち着いてください、大丈夫ですから……っ」

「ああああっ」

侍女が必死でそれを宥める。

「申し訳ございません、寧嬪様はこのとおり、とても証言できる状態ではありません。お許しください」

「では、あなたがかわりに証言してくれますか？」

「はい……」

侍女の名は小昧《しょうまい》、寧嬪に仕えるようになって八年になるという。

「皇后陛下から賜った腕輪はどうしましたか？　今日、持参するように伝えてあったはずですが」

「あの……」

小昧が突然平伏する。

「申し訳ございません。紛失いたしました」

「小昧、立って。それはいつのことですか？」

高星は彼女を支えて立たせた。

「気がついたのは、皇子様の法事につけてくるようにと皇后陛下に命じられたときです。あの腕輪を見ると、寧嬪様が亡くなった皇子様を思い出してさきほどのように泣かれるので、ずっとしまい込んだままになっておりました。ですので、いつからなかったのかはわかりません」

「では、最後に見たのは？」

「瑛妃様に公主がお生まれになったお祝いにつけていったときです」

「その腕輪は、これに間違いありませんか？」

鶴頂紅の細工がされた腕輪を手渡す。小昧はそれを確認した。

「違います、これは寧嬪様の腕輪ではありません」

傍聴席がざわめいた。

「どうしてそう思うのですか？」

「寧嬪様の腕輪には、内側のここのところに傷があったのです。いただいてすぐ、うっかり落としてしまわれて……言われないとわからないくらい微かなものですが、寧嬪様は非常に気にしておられました。その傷がこの腕輪にはありません」

「それはどんな傷ですか？　描いてみてもらえますか？」

宦官が運んできた紙と墨で、小昧は模様を描く。

「たしかこんな感じだったかと」

それを高星が広げて皇太后に、そしてみなに見せた。Kに似た形が描いてあった。

皇太后が、手許に届けられていた二本の腕輪の内側を確認する。

「たしかにあるわね。こちらは瑛妃が持ってきた腕輪ね」

陪審員席と傍聴席が、一気に騒がしくなる。

正規は思わず大きく息を吸い込んだ。

（潮目が変わった……！）

寧嬪の腕輪に何か特徴がなかったかどうか質問するのは、高星と打ちあわせ済みだったが、そんなに都合よく存在するとまでは期待していなかった。

「皇太后陛下……っ」

瑛妃が声をあげた。

「この女が嘘をついているのです、私は何も」

「静粛に！」

皇太后が木槌《きづち》を鳴らす。

「裁判長。瑛妃を証人尋問したく思います。ご許可を」

「許可します。瑛妃、証言台へ」

「……っ……」

「証言台に立ちなさい」

瑛妃は傍聴席を離れ、中央へと歩いてきた。小昧を睨みつけながら、彼女と入れ替わる。

そして不満をあらわにしながらも、宣誓した。

「宣誓。良心に従って真実を述べ、何事も隠さず偽りを述べないことを誓います」

「では、証人尋問をはじめます」

高星が静かに言った。

「瑛妃。あなたが提出したこの腕輪は、皇后陛下からあなた自身が賜った腕輪に間違いありませんか？」

「当然よ」

「実際には、寧嬪が賜った腕輪を彼女から盗み、罪をなすりつけようとしたということは？」

「まさか」

「では、寧嬪の腕輪にあったはずの傷が、あなたが持ってきた腕輪にあるのはなぜですか？」

「知らないわ。寧嬪の侍女が嘘をついているのよ」

「寧嬪にも小昧にも、あなたが持ってきたこの腕輪を見せたことはありません。にもかかわらず、正確に描けているのですよ？」

「じゃあ私が嵌めていたときに見たんだわ」

「母上――窈貴妃と親しいあなたは、ほとんどこの腕輪を身につけたことがないのではないですか？」

「……たまにはつけてたわ」

「つけている腕輪の内側を見たと？」

「ああ、そうだ、思い出したわ。一度うっかり落として、寧嬪が拾ってくれたことがあったの。そのときに見て、小昧に話したんじゃないかしら」

明らかに嘘だと思う。けれど寧嬪があの状態では、それを証明することはできない。

「では、腕輪に細工をしたのも、鶴頂紅を盛ったのも、あなたではない？」

「違うに決まってるでしょう」

「裁判長。もう一人、証人を呼びたいのですが、ご許可いただけますか」

「許可します」

次の証人は、腕輪に細工をした細工師だった。

「この腕輪は、たしかに私が細工したものです。持病の薬をいつでも飲めるようにするために、腕輪に携帯できるように細工して欲しいという依頼でした。まさかこんな物騒な使われかたをするなんて」

怯《おび》えたようすで細工師は答えた。場に気圧されているのと、恐らく報復が恐ろしいのだろうが、これでは証言に自信がないように見えてしまう。瑛妃は余裕の笑みを唇の端に浮かべている。翠薇が死んでいる以上、自分に結びつけることはできないと思っているのだ。

そして悔しいが、たしかにそのとおりだった。

「依頼してきたのは誰ですか？」

「名前は名乗りませんでした。多少胡散臭い気はしましたが、前金として大金をいただいたので、つい引き受けてしまいました」

「では、どんな人でしたか？」

「頭巾で顔を隠していて目許《めもと》しか見えませんでしたが、妙齢の綺麗な人だったと思います」

「その女性は、被告人でしたか？」

「違います」

「はっきりと断言できますか？　目許しか見えなかったんでしょう？」

「はい。もっと大きな瞳の美人でしたから」

ここへ来てまた容姿の話か、とうんざりするけれども、別人だった証明になるのなら悪いことばかりではない。

だがこれだけで無罪が証明されるわけではない。皇后が主犯で、ほかの侍女と正規を分業させていたという疑いはまだ残る。

（……翠薇が生きていてくれたら）

細工師に首実検させることができたのに。

密かな舌打ちに、高星の言葉がかぶる。

「それでは、あの女性ですか？」

「そうです、だと思います」

高星が手で示したほうを振り向き、正規は目を見開いた。

「す……」

「翠薇……!!」

瑛妃が叫んだ。

「ど、どうして……」

瑛妃の言葉は、正規の思いでもあった。

(なんで……翠薇は拷問で殺されたんじゃなかったのか……!?)

その疑問は、高星の科白が解いてくれた。

「拷問死の前に暗殺されるところだったのでね。貴重な証人を失う前に密かに保護してあったのですよ」

つまり翠薇は死んではいなかったのだ。おそらくは瑛妃の手の者に消されかけたところを高星が救い出していた。

(それならそうと教えてくれればよかったのに……!)

高星への疑いが氷解していく。少なくとも彼は、翠薇を手にかけたりはしていなかった。

正規は思わず睨みつけてしまったが、高星は微笑を浮かべるばかりだ。

それにしても主人に忠誠を尽くし、決して自白しようとしなかった翠薇を簡単に始末しようとするなんて。

瑛妃に対する怒りがこみ上げてくる。侍女の命をなんだと思っているのか。けれどもこれがこの世界の価値観なのだ。

「裁判長。翠薇に証言してもらってもかまいませんか？」

「許可します」

翠薇が証言台に立った。

「呉《ご》翠薇と申します。瑛妃様の侍女頭でした。瑛妃様とは、瑛妃様が入宮する前……店にいた頃からお仕えしていました」

「店とは、噂されているとおりの？」

「……はい」

妃嬪たちがざわめいた。かねてからの噂が、初めて本人の侍女によって肯定されたのだ。

「瑛妃様が窈貴妃様の目に留まり、侍女にしていただいたときに、私も一緒に連れてきていただきました」

「では、事件についての尋問に入ります。――腕輪の細工を依頼したのは、あなたで間違いありませんか？」

「はい。私です」

「自分の意志で依頼したのですか？　それとも誰かに命じられてしたのですか？」

「……ご命令を受けて依頼しました」

「誰の命令ですか？」

「瑛妃様です」

「翠薇……‼」

傍聴席に戻っていた瑛妃が、声をあげた。

「あなた何を言ってるかわかってるの……⁉」

「静粛に」

皇太后に制され、瑛妃は口を閉じた。かわりに翠薇を刺すような瞳で睨みつける。先刻まで嘲笑うように裁判を楽しんでいたのとは対照的な表情だった。

「具体的に命令を受けた内容を教えてください」

「はい。瑛妃様からは腕輪に細工するように細工師に依頼することと、のちに寧嬪様の腕輪を盗み出すことを命じられました。私は寧嬪様の侍女の小昧とは親しかったので、隙を見て手に入れるのは容易でした」

「でたらめよ……！　私はそんなこと命じていないわ！」

「静粛に。騒ぐと退廷を命じますよ」

瑛妃は唇を噛む。

「では、私の馬の鞍に毒針を仕込んだのも、あなたが瑛妃様に命じられてやったことですね？」

「はい。申し訳ございません」

「前に問い詰められたときは、自分の意志でやったと言っていましたね。どちらが本当ですか？」

「……瑛妃様に命令されました。私には高星殿下を殺める理由がありません」

「私と交際したことがないことは認めますね？」

「はい」

「私に振られたり、片思いしたりもしていませんね？」

「はい」

「ではなぜ、瑛妃の罪をかぶろうとしたのですか？」

「……私には兄がいます。ろくでもない兄ではありますが、逆らえば兄が無事では済まないと思ったからです」

（あ……）

そういうことか、とようやく正規は腑に落ちた気がした。

翠薇が身を挺《てい》して瑛妃のことをかばったのは、忠誠心だけからきたものではなかったのだ。

(家族を人質に取られて)

そして今、証言台に立っているのは、高星が翠薇の身内を保護しているからだ。細工師が怯えつつも証言してくれたのも、おそらく彼に対しても同様の措置が取られているからではないか。

(何から何まで一人でやりやがって……!)

高星は、正規と目が合うと、軽く鼻で笑う。出し抜いたことを得意がっているのだ。

正規は悪態をつきたくなるのをぐっと堪えた。

「でたらめよ……!」

我慢の限界に達したのか、瑛妃が声をあげた。

「嘘をつくのはやめなさい、翠薇!」

「嘘じゃありません。瑛妃様に命じられました。細工師に払ったような大金を、私が用意できると思いますか……⁉」

「……っ知らないわよ、私じゃないわ……!」

瑛妃でなければ、誰が瑛妃の侍女の後ろ盾になるだろう。真実味は翠薇の言うことのほうに感じられる。

「……私は窈貴妃様に可愛がっていただき、高星殿下とは姉弟《きょうだい》のように仲良く過ごしてきたのよ。恨みもないし、それに公主しかいない私には、高星殿下を殺めてもなんの得もないわ。そんな危険な賭けに出ると思う？」

その動機の薄さは、たしかに引っかかっていた点ではあった。高星がいなくなれば、いくら皇帝の寵愛があっても窈貴妃の勢力は削がれ、窈貴妃派の瑛妃にはむしろデメリットしかない。

「瑛妃様は、権勢が欲しくて高星殿下を暗殺しようとなさったわけではありません」

翠薇が言った。

「ではなんのために」

「殿下がいなくなれば、ご自分が一番、窈貴妃様に可愛がっていただけるからですわ！」

（え……）

正直、そんなことで？　と思った。

たしかに窈貴妃と瑛妃は仲がいい。というか、瑛妃は窈貴妃を「お姉様」と呼び、とても慕っているようには見えた。けれども格上の妃を「お姉様」と呼ぶのは後宮での慣習のようなもので、それを以て皇子の暗殺を企てるほどの強い思いがあったとは決められない。

そのときふと、正規は長春宮で聞いてしまった瑛妃の声を思い出した。

——ああ……っお姉様、これは、お姉様の指……

あの声は、思う人にふれられる悦《よろこ》びに満ちていたように聞こえなかったか。

そういえば最初から、皇帝の寵愛を廻って瑛妃が窈貴妃を邪魔に思っているという説には、なんとなく違和感があったのだ。瑛妃が欲しがっていたのは、皇帝ではなく窈貴妃の寵愛だったのか。そう考えたほうが胸に落ちた。

「瑛妃様は窈貴妃様のことをずっと慕っておいででした。昔からご自分以外の方が窈貴妃様に愛されるのが、たとえ実の息子の高星殿下であっても許せなかったのです。陛下にお仕えするのだって窈貴妃様に触――」

「やめなさい……‼」

瑛妃が遮り、翠薇は口を噤んだ。けれどそれは一瞬のことで。

「……恐れ多くも、高星殿下の次は陛下の予定で、鶴頂紅を手に入れ、隠し持っていらっしゃいました」

「な……何言ってるの、そんなわけないでしょうっ……⁉」

「瑛妃は鶴頂紅をどこに？」

「いつも薬は、寝台の横の手箱に入れておられました」

「入れてないわ、そんなところ！」

「ではどこに？」

瑛妃ははっとしたように口を噤んだ。

「――どこにも持ってないわよ」

「月季宮《げっきゅう》を家捜しして調べよ」

瑛妃の宮だ。

低く皇帝が命じた。

裁判の形式も、舞台の体裁も何もかも崩れかけだが、止められなかった。それが最も合理的な手段でもあった。

「……侮辱だわ……」

瑛妃は呟いた。

「陛下の妃である私よりただの侍女を信じるっていうの？　ねえお姉様は違うわよね、私を疑ったりしないわよね？」

窈貴妃を仰ぎ、訴えかける。けれども窈貴妃は顔を背け、彼女を見つめ返しさえしない。

「あなたのことは心から可愛がってきたのに……、失望したわ」

「――お姉様……っ」

「地獄に落ちなさい」

「お姉様……っ‼」

瑛妃の悲鳴のような声が響いたときだった。

鶴頂紅を捜しに行った太監たちが戻ってきた。

「ありました……‼　月季宮の宝物庫にありました」

「そんな、鍵がかかっていたはずよ……！」

「ご命令により壊させていただきました」

太医が調べ、鶴頂紅に間違いないことを確認する。

「……嵌められたのよ、翠薇に……」

言葉を失っていた瑛妃が、唇を開いた。

「こっそり薬を隠しておいて、あたかも私が持っていたかのように装ったんだわ」

「違います……！」

翠薇が叫んだ。

「不可能です。宝物庫の鍵は瑛妃様が持っていらっしゃいました。必要なものを出すように命じられたときは、そのたび預かって、またお返ししていました。そのことは月季宮の者はみな知っています。それに牢《ろう》に入れられてからはさわってもおりません」

「……っ……」

「瑛妃がどこから鶴頂紅を手に入れたか知っていますか？」

「……昔いた店の関係者です。どんな薬も手に入れてくれる者がおりました」

その言葉は、暗にこれが初犯ではない可能性を匂わせていた。

高星は弁護人席を離れ、ゆっくりと舞台を横切った。

「――瑛妃」

そして彼女の傍まで来ると、目を覗き込む。

「自白しなければ、拷問を受けることになりますよ。私を殺害しようとしたのは、被告人董婉婉ではなく、あなたですか？」

「……――」

黙っていれば、拷問によって余罪まで追及される。

高星殺害未遂事件において、董婉婉は処刑を免れた。

ここで白状すれば、婉婉に倣って命は助かる――高星の言葉には、それだけの意味が含まれている。

うつむいて机を睨みつける瑛妃に、皇帝の命令が下る。

「証言台に立て、瑛妃」

高星の差し出した手を、瑛妃は取らなかった。ただ一人で歩き出す。

「……翠薇」

証言台で彼女と入れ替わるとき、瑛妃は呟いた。

「あなたを信じていたのに」

「私もです。身を寄せあって育ったあなたのことを信じていました。――なぜ、私の口を封じようなどとなさったのです？　あれさえなければ、私は何を犠牲にしても、あなたのために最後まで口を噤んで死ぬ覚悟だったのに」

「……後宮とはそういうところ。私だけじゃないわ」

「私を殺害しようとしたのは、被告人董婉婉ではなく、あなたですね？」

「……はい」

高星の問いかけに、瑛妃はうつむいたまま、はっきりと答えた。

「最初から被告人に罪をなすりつけるつもりでしたか？」

「いいえ。最初は寧嬪にする予定でした」

「寧嬪が同じ腕輪を持っていたからですね？」

「……嫌いだったからです。お姉様が寧嬪のことも可愛がっていたから……今でも気にかけているから。それに恵貴人より宮が手薄で盗むのが簡単そうだと思いました。でもあの日、董婉婉が疑われて……だったら、婉婉でもよかった」

「なぜ、私を殺そうとしたのですか？」

「殿下が憎かったからです。殿下は、ただお姉様の息子に生まれたというだけで、何もしなくてもお姉様に愛されている。……ずるいわ」

高星は笑みに似た、けれどどこか薄暗い表情を浮かべた。でもそれはほんの一瞬のことで、見間違いだったのかもしれない。

「お姉様はあのとき言ってくださったわ。今日からは私があなたの姉よ、って。家族になったのよね、私たち。……殿下さえいなければ、私が一番可愛がっていただけたはず。でも殿下が生きている限り一番にはなれない。ねえそうでしょう、お姉様、高星殿下がいなければ私を……！」

瑛妃は傍聴席を振り返る。窈貴妃は静かに答えた。

「何があろうと、私の一番は永遠に陛下です。あなたが一番になることはないわ」

「あ……ああああっ……‼」

瑛妃は叫ぶような鳴き声をあげて床に倒れ伏した。

「嘘つき！　嘘つき……‼　私は何もかもあなたのために……っ」

一瞬——涙を湛《たた》えた彼女と窈貴妃の視線が絡みあったような気がした。窈貴妃がわずかに唇を動かす。けれど、何を呟いたのか正規にははっきりとはわからなかった。

「連れていけ」

皇帝は命じた。それに従い、太監たちが瑛妃を拘束する。瑛妃は号泣しながら、広間から引きずり出されていった。

「さて……」

静まり返った「法廷」で、皇帝が口を開いた。

「締めくくりには、陪審員とやらの評決を取るのだったな。——母上」

「あ、そうだったわね」

皇太后ははっと我に返ったように言った。

「では、陪審員は評議に入ります」

裁判官役として命じる。

ようやく裁判が本来の流れに戻ってきた。

命令に従い、皇太后とともに陪審員役の妃嬪たちが別室へ移動する。そして程なく戻ってきた。

真犯人が判明した以上、評決に時間がかからないのは当然のことだった。

「それでは被告、董婉婉の第二皇子殺害未遂事件についての評決を読み上げます」

これでようやく正規は晴れて無罪を勝ち取れる。皇太后は、評決を書いた紙を広げた。

「我々陪審員は、被告人を『有罪』と判断し、評決に合意しました」

(よし、無罪放め——え?)

今、なんて?

正規は耳を疑った。

(有……罪?)

真犯人がわかったのに?

呆然と立ち尽くす。

高星は正規の肩を叩き、首を振った。

彼には最初からこうなることがわかっていたのか。無実を証明できても、無罪を勝ち取ることはできない――皇帝の誤りを指摘するような評決が出るはずがないことが。

「そうだ。朕の妃嬪、朕の国民が、朕を否定できるはずがない。このような――『裁判』とやらは、所詮茶番劇なのだ」

「――……」

（そんな馬鹿な）

圧倒的な権力の前に、裁判が無駄と化すなんて。

あってはならないことだった。裁判官も陪審員も、権力や自分の事情すべてに左右されることなく、正しい判断をする義務を負うはず。

けれども正規の思う正義は、負う者の倫理観や立場に依存する、極めて儚《はかな》いものにすぎなかったのだ。

悔しさのあまり、皇帝を睨みつけずにはいられなかった。

「だが、いい余興だった」

彼は喉で笑った。

「そなたに褒美を与えよう。――董婉婉は聡明《そうめい》にして能弁、不敵、暴虎《ぼうこ》馮河《ひょうが》の勇あり。よって、朕の答応に封じる」

(——は？)

なんだって？

頭がついていかない。

(答応……ってなんだっけ)

すぐには思い出せなかった——否、理解できなかった。したくなかった。

答応とは、皇帝の妃嬪の位の一つだ。

(俺を側室に……⁉)

一番下の位とはいえ、封じられるのは名誉なことだ。すぐに平伏して、ありがたきしあわせ——と、感謝を述べるべきだ。

けれども正規は呆然と立ち尽くしたまま、動くことができなかった。

終章

答応への冊封《さくほう》は、のちに正式な詔書として正規の許に届けられた。皇帝の妃嬪の中では一番下の位だ。

没落したとはいえ、重臣だった董《とう》将軍の娘にしては、扱いが悪すぎやしないかと正規《まさき》は思う。

(だいたい褒めてないし)

──聡明にして能弁、不敵、暴虎馮河の勇あり

(って、なんだよそれ？)

普通は、聡明にして優美とか、純粋とか、そういう賛美を連ねるものではないのか。能弁はともかく、暴虎馮河の勇っていったい？

(側室として出世したいわけじゃないからいいけど)

そしてわざわざ側室には封じられたものの、未だ皇帝の手はついていない。

つまり皇帝は董婉婉《えんえん》を本当に側室にしたかったわけではなく、「褒美」という名の一種

の「いやがらせ」をしたのだと思う。

勢いで冊封したものの、不器量だからその気になれなかっただけなのかもしれないが、正直なところ未だ男としてのアイデンティティーしかない正規にとっては僥倖だった。本当に夜伽《よとぎ》を命じられたらどうしようかと思っていたのだ。拒否権などあるはずもなく、もし抵抗して皇帝を殴ったりしたら、今度こそ首が飛ぶに違いないのだから。

そしてまた、皇后を傷つけずに済んだことも幸いだった。側室はほかにも大勢いるとはいえ、正規が皇帝の寵愛を受けることになっていたら、いい気持ちは決してしなかっただろう。

答応の身分で自分の宮がもらえるわけもなく、正規はそのまま鳳仙宮《ほうせんきゅう》に住まわせてもらうことになった。ただ、少しだけ広くていい部屋に移れたのは、素直に嬉しい。

ほかにもいいことがあった。

身分が上がったことで、侍女をつけてもいいことになったのだ。

正規は許可を得て、実家から春花《しゅんか》を呼び寄せた。

「お嬢様……‼　お会いしたかった……‼」

春花は抱きついて喜んでくれた。

ひさしぶりに会う春花はやはり可愛くて——以前よりずっと可愛くなったような気さえして、ひどくどきどきした。

「まあ、全然お化粧していらっしゃらないじゃありませんか……！　あんなにお教えしたのに……！」

「いや、あれ全然覚えられなくて……」

　記憶力はいいはずなのだが、もともとまったく興味も素養もないところに詰め込まれて、最初から覚えることを放棄していたところがある。何よりも面倒だった。

「でももう私が来たからには心配いりませんわ。明日から私が全力でお嬢様を磨き上げてさしあげます。きっと陛下のご寵愛も得られますわ」

　いやそれはいらないんだけど。

　瑛妃《えいひ》は、あのまま冷宮《れいぐう》へと送られた。

　本来なら余罪があるかどうかを追及され、さらなる厳罰を受けるべきだったと思う。御《ご》望亭《ぼうてい》の事件にしても、高星《こうせい》とは長いつきあいのはずなのに、なぜ今だったのかとか、疑問も残る。

　以前にも手にかけた者がいて、繰り返すうちに人を殺めることへのハードルがだいぶ下がってはいたのだろう。だとしたら誰を？　動機は今回と同じだろうか。それとも別？　窈貴妃の命令ということもありうるだろうか？

　それでも、瑛妃が拷問や処刑されずに済んだことには、少しだけほっとした。どのみち冷宮に閉じ込められている限り、また悪事を働くことはできないのだ。

「君なら、徹底的に余罪を追及したがるかと思ったけどね」

と、高星は言った。

裁判後、怒濤《どとう》のような生活の変化に追われてなかなか会う機会がなく、しばらく過ぎてからたまたま麗花園《れいかえん》で顔を合わせた。

「そうしたかったんですけど……」

前世だったら、おそらくそれを要求して戦っただろう。証拠に基づいて刑を受け、罪を償って出所する——それがあるべき姿だ。けれどもこの世界では、そういうふうには物事は進まない。

「父上がはっきり瑛妃を断罪しなかったのは、公主のためだろうね。母親が処刑されたとなると、ますます立場が悪くなるから」

高星以外の子供に対しても、皇帝に父親としての情があるのだとわかって感慨深かった。裁判での彼の瑛妃への態度は、妻の一人に対するものとしては冷静すぎて、ひどく冷たく映ったからだ。

(娘にはそうでもないみたいで、よかった)

公主は、ほかの妃のもとで養育されることになった。

(まあ、瑛妃から皇帝への思いも薄かったみたいだけど……)

——瑛妃様は窈貴妃《ようきひ》様のことをずっと慕っておいででした

翠薇《すいび》の科白が耳に蘇る。

――昔からご自分以外の方が窈貴妃様に愛されるのが、たとえ実の息子の高星殿下であっても許せなかったのです。陛下にお仕えするのだって窈貴妃様に触――

(ふれるため……って、言おうとした?)

そのために皇帝と三人での行為も受け入れた……それとも瑛妃から提案したのかもしれない。

窈貴妃が瑛妃を侍女にしたのは、彼女の性技を買ったからだったのだろう。寵愛に応えられないときにかわりを務めさせたり、技術や知識を得るためでもあったかもしれない。

(残念ながら、窈貴妃はそれほど瑛妃のことを思ってたとは思えないけどな)

――何があろうと、私の一番は永遠に陛下です。あなたが一番になることはないわ

あっさり切り棄てられたのだと思うと、瑛妃がなんだか可哀想に思えてくる。瑛妃自身、翠薇に同じようなことをしたのだから、同情には値しないけれども。

(あ……でも)

最後に窈貴妃は、唇だけで瑛妃に何か告げていたと思う。その瞬間、瑛妃の瞳がぱっと光を取り戻したような気がしたのだ。

「なんて言ったのかは、わからなかったんですけど……」

もしかしたら高星が見ていないかと思い、正規は聞いてみる。

「……待っていて」

「え？」

「と、言っていたよ」

もしかして瑛妃を救出するつもりなのだろうか？　そんな不安が胸を過る。眉を寄せる正規に、高星は続けた。

「地獄で、と」

「地獄……」

（それはいつか、自分も行くということ？）

いつ？　地獄へ落ちるようなことをしたということ？

けれども、窈貴妃は瑛妃をただ利用するだけして棄てたわけじゃなく、少しは彼女のことも思っていたのだろうか。それとも、瑛妃が余計なことを言うのを甘言で封じようとしただけ？

（……そういえば）

ふと、思い出す。

――殿下は、ただお姉様の息子に生まれたというだけで、何もしなくてもお姉様に愛されている。……ずるいわ
瑛妃がそう言ったとき、高星は妙に薄暗い笑みを浮かべていた。

窈貴妃に愛されていることに、何か苦い思いでもあるのだろうか。彼女の美しい顔の下にある何かに、気づいているのだろうか。

「もう一つ、うかがいたいことがあったんですけど」

「何？」

「腕輪の傷は、本当にもともとあったものなんですか？」

高星は一瞬、押し黙った。

「どうして？」

「都合がよすぎる気がして」

たまたま寧嬪《ねいひん》の腕輪に特徴的な傷があって、侍女が覚えているなんて。ありえないことではないだろうけれども。

「殿下は翠薇を保護したとき、盗んだ寧嬪の腕輪がどこにしまってあるかを聞き出し、人をやってわざとあの傷をつけさせたんじゃないんですか？　そして小昧《しょうまい》を抱き込み、寧嬪の腕輪には傷があったと証言させた……」

小昧がそんな危険な作戦に乗ったのは不思議だけれど、憶測だがもしかしたら、寧嬪の皇子の死にも瑛妃が関わっていたのではないか。そのことで瑛妃に恨みを抱いていたのではないか。

「よくそんな話を思いついたね」

高星は小さく笑った。

「君はそういうのは嫌いだろうに」

たしかに嫌いだった。嫌いというより許せない。本当にやったのなら、それは不正だ。けれども、あの傷が裁判の潮目を変えてくれたこともまた事実だった。あれがなければ、瑛妃の心を折ることができたかどうかわからない。そして今さらこのことを暴露したとしても、意味はないのだ。瑛妃の自白が消えるわけではないし、皇帝が高星を罰することもないだろう。

高星は肯定も否定もしなかった。否定しないことが、答えなのだと思う。

「……本当に無茶ばかりする」

正規はため息をついた。

「それは私の科白だと思うけどね」

「お……私ですよ！　このあいだの落馬の件といい、本当にいつも……！」

「今回は自分を囮にしたりはしていないよ。約束は破ってないから」

「そういう問題じゃありません！」

見た目のやわらかさに騙されるけれど、この男は実はかなり問題のある性格をしているのではないだろうか。

でもそれも婉婉のためだ。皇帝に勝てないまでも、無実を証明できなければ、婉婉が処罰されるから。

高星はおそらく、正規自身よりよほど危機感を持ってくれていたのだ。

「そんなに睨まないでくれないか」

彼は苦笑する。

「だってそれだけじゃないでしょう。翠薇が生きてることくらい、教えてくれてもよかったんじゃないですか？」

彼女の拷問死の責任の一端は自分にあるのかと思っていたときは、寝覚めが悪いなんてものじゃなかったのだ。

「彼女が死んだと思っているとは思わなかったんだ。だから敢えて実は生きていると言う必要も感じなかったんだが、兄上から聞いていたとはね」

教えてくれなかったのはそういうわけだったのか。一応、腑には落ちた。おかげで余計な疑いを抱いてしまっていたことは秘密だ。

(でも、よかった。高星が裏切ってるとかじゃなくて)

「誰かに悟られると、また翠薇に危険が及ぶ可能性があったし……」

「誰かって、瑛妃以外にも？」

思わず突っ込むと、高星は軽く目を眇めた。

「君は本当に聡いな。まあそういうところが父上もお気に召したんだろうけど」

その言葉に、ふと皇后の呟きを思い出す。

——陛下は頭のいい女人がお好きなの
そこを評価されたのだとすれば、あの詔書の文言はそれなりに褒めているつもりだったのだろうか。

（いや、でも不敵、暴虎馮河の勇ありだしな……）

ちなみに「暴虎」は素手で虎を打つこと、「馮河」は黄河を徒歩で渡ること。つまり蛮勇があるという意味だ。

「まさか答応に封じられるとはね」

高星の言葉はどこか苦々しさを含んでいるようにも思える。自分から婉婉を振っておいて、今さら惜しくなったのか。それは調子がよすぎるというものだ。

「あれはいやがらせでしょう。夜伽の指名もないですし」

「あ……そうなの？」

「噂を聞いてませんか？」

「まあちらっとは聞こえてきたけど、まさかと思って」

「ふん。そのまさかが起こってすみませんでしたね」

「いやいや」

高星は笑顔で首を振った。

なんだか嬉しそうだ。おそらくそのことをずっと気にしていたのではないか――そんな気がした。

(婉婉のこと、やっぱり好きだったんじゃないのか?)

そうでなければ、婉婉の裁判のためにあそこまで尽くしてはくれなかったのではないだろうか。

それに、ふと正規は思い出したのだ。

先日明山《めいざん》で一夜を明かしたとき高星が貸してくれた手巾には、美しい刺繡が入っていた。あの手巾は、婉婉が贈ったものだったのではないかと。

婉婉は刺繡が趣味だった。そういう娘は多いだろうが、あの独特の色使いは、婉婉の作品によく使われていたものと似ていたと思う。

それを今でも使っているというのは、婉婉が好きだったからではないのか。単純に無頓着なだけかもしれないが、高星はそうずぼらなほうではない気がする。

(なのになぜ棄てたのかはわからないけど……)

董将軍の死を、高星は知らなかった。

でも窈貴妃は知っていたとしたら? 後ろ盾をなくした婉婉と別れ、別の娘を選ぶように言われた?

「……それにしても今回、殿下は毒殺されそうになったり落馬したり、大変でしたよね。

そもそも昔から、古井戸に落ちたり船遊びで溺れたり、ひどい目に遭いすぎですけどね」

「運が悪いんだ」

「本当に？」

「え？」

「婚約破棄したことと、関係があるんじゃないんですか？」

高星がめずらしく目を見開き、言葉を失った。

「もうそろそろ、本当の理由を教えてくれてもいいんじゃないかと思うんですけど」

高星ともけっこう長いつきあいになった。彼が顔で婚約者を棄てる男だとは、正規にはやはり思えないのだ。ましてや幼なじみで、もともと顔をよく知った上で婚約していたというのに。

「……母に別れろと言われたからだ」

と、高星は言った。やっぱりそうか。

「『運が悪い』ことと関係ない？」

これだけ何度も幼い頃からいろいろな目に遭っているということは、運ばかりとは思えない。年齢的にも、すべてが瑛妃とも思えない。

高緯《こうい》がそうだったように、高星もまた常に皇位を廻って、または寵愛を廻って狙われやすい立場にある。巻き添えで婉婉に怪我をさせたこともある。敵になりうる相手は一人ではなく、今後も出てくるかもしれない。そんなことに婉婉を巻き込みたくないと思った？

それとも、窈貴妃に従わなければ、婉婉に何をされるかわからないと思った？

それとも両方？

「……父上がお気に召しただけのことはある」

高星は正規の考えたことをほぼ正確に推測し、肯定した。

「婚約はしたものの、これからも君を巻き込み続けることに不安があった。そんなとき、母に婚約解消するよう申し渡された。……母は私というより、私に帝位を継がせることに執着している。もし拒否すれば、母が君に何をするか怖かった」

ごめん、と高星は言った。

「馬鹿な人」

と、口をついて出たのは、正規というより婉婉の言葉だったのだろうか。

正直に話していれば婉婉は今も生きていて、夫婦で手を取りあって苦難に立ち向かっていくこともできたかもしれなかったのに。

「そうだな」

ぽつりと高星は呟いた。

そして沈んだ空気を変えるように言った。

「でも、もう許してくれたと思っていいんだろう。裁判はああいう終わりかたになったとはいえ、実質無実は認められただろう?」

「ああいう結末……か」

判決が下ったとき、高星があまり驚いていなかったことを思い出す。

「ああなると思ってたんですか?」

「そういうわけじゃないけど、そんな気はしていた。父上が負けを認めるとは思えなかったからね」

正規はため息をついた。

(……だよな)

皇帝が一介の宮女に敗北を認めるわけがない。

けれどもそれがわかっていて、高星は負け戦につきあってくれたのだ。そしてたしかに、思った以上の——思いもしなかったほどの活躍をしてくれた。あの華美な装いさえも、結果はともかく陪審員の人気——票をなるべく取り込むための作戦の一部だったのではないかという気もするのだ。

「裁判ではありがとうございました」

正規は頭を下げた。

「そう思うなら、その堅苦しい言葉遣いをやめて、昔のように振る舞ってくれないか」

(そうか……)

婚約破棄以前の二人は幼なじみだったのだ。隔てなく、仲良しだったに違いない。

（その婉婉は、もういないけど……）

「じゃあ、今日からは友達ということで」

正規は手を差し出す。

握り返してきた高星のてのひらは、意外にもあたたかかった。

二見サラ文庫

本作品に関するご意見、ご感想などは
〒101-8405
東京都千代田区神田三崎町2-18-11
二見書房 サラ文庫編集部 まで

本作品は書き下ろしです。

後宮《こうきゅう》不《ふ》美人《びじん》
～イケメン皇子《おうじ》に復讐《ふくしゅう》します～

2022年 8月10日 初版発行

著者 鈴生《すずなり》 庭《にわ》

発行所 株式会社 二見書房
東京都千代田区神田三崎町2-18-11
電話 03(3515)2311［営業］
03(3515)2314［編集］
振替 00170-4-2639

印刷 株式会社 堀内印刷所
製本 株式会社 村上製本所

ISBN978-4-576-22102-1
https://www.futami.co.jp/sala/